大魚讀品
BIG FISH BOOKS

让日常阅读成为砍向我们内心冰封大海的斧头。

오늘 밤은 굶고 자야지

虽然会胖，还是想吃完炸鸡再睡

[韩] 朴相映 _著 Tina_译

中国友谊出版公司

01	这个世界上没有比上班更讨人厌的了	004
02	肥胖和疯狂的历史	016
03	只要减个肥,看起来应该会好很多?	026
04	名为请帖的无间地狱	036
05	我悲伤的恋爱的二十六页	046
06	最低时薪编年史——Shake Shack 汉堡的冥想	056
07	名为我选择的生活的困境	072
08	那天,如此害怕的事情发生了	082
09	对谁都不亲切的金班长	090
10	太过清醒的离职	098

11	这烦人的遗传	108
12	纽约、纽约	116
13	大都市的生存法则	126
14	塑料的民族	134
15	拜托，把腿放下来！	142
16	可以说用我自己的方式	152
17	釜山国际影展	160
18	普通款蓝色牛仔裤	172
19	我人生最后的算命	182
20	今天让我活过明天	192

01

这个世界上没有比上班更讨人厌的了

大清早起来后,我给自己倒了一杯两倍浓缩咖啡,又简单做了欧姆蛋当早餐。在失去早晨的好心情前写了约两个小时的手稿,之后大概在脖子或肩膀开始酸痛时,我从位子上起来换上透气的运动服,站在玄关前,把脚塞进新买的运动鞋。

我来到家附近的湖边。虽然有一点凉,但空气中没什么悬浮微粒,是个适合慢跑的好天气。我稍微拉伸了脚踝后开始跑步,沿着湖边跑了两三圈,不知不觉两三个小时就过去了。这是"跑者的愉悦感",我在快喘不过气来的呼吸中,才感觉到自己活着。

作家的早晨,应该就像这样吧?
才怪。

这个世界上有比上班更讨厌的事吗?虽然不知道

是不是每个人都抱着这种想法,至少就我过去三十几年的生活经验来看,的确没有什么比上班更讨人厌的了。在把准时响起、催促人起床的闹钟关掉后,一天就由飙出的脏话揭开序幕。

我在十年前做了眼睛的激光手术,之后每天早上都会觉得眼睛很干燥,甚至有点难以睁开,所以我会先闭着眼睛在床头柜上摸来摸去,寻找眼药水。按照电视播出的教育节目里经常出现的皮肤科专家所说,韩国大部分男性都是油性皮肤,只是自己不知道。然而每天早上看到自己的皮肤,我都很想问:这种说法真的对我适用吗?因为我的皮肤是极度干燥的类型,不仅是角膜和嘴唇,全身上下都是干燥的,就跟大部分干性皮肤的人一样,时常会干痒到让人难以忍受。走进冰块一样冷的浴室,我必须往干燥的身体上泼温水才能感觉到自己活着,像乞丐似的。不知道是不是因为新买的身体乳黏度太高,每次擦在身上的时候都好像裤子粘在大腿上一样。我就这样一边努力抓挠背上某个不知道位置是否正确的痒处,一边走到气温零下的街道上。

从我家门口到公司门口大概五十分钟,中途总共要换三次车。这对首尔市的上班族来说算很近了。但当我要把身体挤进停在车站且已经载满客人的公交车时，我对一天的期待就随之消失了，如同我对人生的希望那样。脖子后面感觉到陌生人的呼吸，还闻到不知道哪里传来的腐臭味。我真希望可以核准发放那种专门射杀不好好刷牙、洗澡和洗衣服的人的执照。即便如此，我也无法轻易抬起头来，或用很神经质的表情环顾四周。我想，如果认真追踪气味的来源，可能又会跟谁对上视线，而那个人很有可能会认为，这个空间中块头最大——也就是最胖的——同时身为男性的我，是犯罪嫌疑人。这简直是被冤枉概率极高的受害者心态——我说你，你为什么这样看我？我每天早上都洗澡，还喷了芳香剂和香水才出门；一周洗一次衣服，死都不想让毛巾散发出抹布的味道，即使很穷，还是买了烘干机啊！所以，你不需要这样看着我吧？

算了，算了。

就这样抵达公司，时间是上午八点四十分。我没有直接去办公室，而是前往位于公司一楼的连锁咖啡厅。我总是点冰美式，从一月到十二月都是如此。

我是从什么时候开始觉得自己肚子里会发出如火般灼热的气息的呢？虽然三年前就被诊断出有慢性胃炎和胃食道逆流，但我还是戒不掉早上来一杯冰咖啡的习惯。我靠在大概有五万人坐过的沙发上一边叹气,一边啜饮着咖啡,仿佛它可以延长我那不知道会在什么时候用尽的寿命。我松了口气,不知不觉手表指针已指向八点五十五分。我赶紧拿着剩大概一半的咖啡,搭上去往办公室的电梯。

因为大部分组员已经在上班了,我尽最大的努力不发出声音,先将包放下,再按下桌面电脑的电源。然后,以连蚂蚁都听不到的微小声音,从办公桌抽屉里拿出牙刷和牙膏。我用比任何人都端正且鞋跟不发出声音的姿势,轻声地前往洗手间时,坐在对面的("万年"代理)吴某叫住了我。

"那个,朴代理,我之前好像就告诉过你了。"
"嗯?"
"上班时间虽然是九点,但不是叫你九点才到,而是要你提早十五分钟,然后在九点前做好工作前的准备。"

我微微笑着,什么话都没有回,心想:不然你就在劳动合同里写清楚上班时间是"八点四十五分"啊!我重新回到位子弯腰坐下,登录公司内部的通信软件,假装在工作,沾着牙膏的牙刷就这样放在办公桌上。

"果然不负众望呢,Michael。"

"Michael"是崔副部长在上班时给我取的绰号,因为我跟美国人一样准时上下班,而且对于位阶高的人也用不怎么温和的态度说话。任谁都会觉得这个称呼明显是在找我麻烦,但无所谓,我不是很在乎他们怎么称呼我,不管叫我"Michael"还是"Michael 爷爷",都不关我的事。只不过我有点担心,害怕他们给我取了绰号之后,就变得跟我很亲近似的,隐约强迫我加入他们的社交活动,所以我一直绷紧着神经。

正当我静待刷牙的时机时,组长跟我搭话:

"话说,我上次一大早就看到相映在公司前面的咖啡厅喝咖啡呢。"

不会吧,你又是怎么知道的?果然年纪大的人就是无法忍受职位较低的人喝那该死的咖啡。但他说得没错,要截稿的时候,我会每天凌晨五点起床,在公司附近的咖啡厅找好位子坐下,一直写作到上班时间。

我有一个没人好奇的秘密。

我是在二〇一六年踏入文坛甚至还出了书的小说家。我是个从早上九点工作到晚上六点的白领上班族，也是挤出零碎时间写作的"兼职"劳动者。办公室的大部分人不知道我过着这种生活——不，应该说他们不知道我是个作家——不能让他们知道。但也不是因为什么了不起的理由，也许是因为我写的小说里，有宰桐部队[1]里的同志、在IG[2]里无法自拔渴求关注的人、拼命劈腿的恋人、偷拍行为的受害者、自残的孩子等人物。其实那些事情不重要，因为就算我说自己是作家，硬要去买我的书的人——不对，是"会用自己的钱买小说的人"，在我们公司并不存在。尽管如此，我还是不想让公司的人知道任何有关我的情报。好像响应我这种期望似的，在办公室里，大家看我就跟看一个长毛的静止物没什么两样。大家只知道我是国文系[3]研究生出身，胖胖的朴代理。

"朴代理干吗这么早来？该不会是……运动？"

---

[1] 宰桐部队，正式名称为伊拉克和平重建师，是韩国于二〇〇四年九月至二〇〇八年十二月派遣至伊拉克北部库尔德斯坦地区的分遣部队。（编注）
[2] IG，全称 Instagram，是一款运行在移动端上的社交应用，主要用于分享图片。（编注）
[3] 以韩国本国的语言（韩语）为基础展开语言文化等研究的学科。（编注）

组长问完，崔副部长和吴代理同时大笑。我也装作无事发生的样子跟着笑。我一边笑，一边安静地拿着牙刷走出办公室，然后以最快的速度进入洗手间，把嘴巴里干涩的舌苔和咖啡污渍刷掉。我这个站在镜子前的男人，脸庞十分臃肿，脸颊下垂，看起来心术不正（外形反映本质）。抓着牙刷的手到底是人手还是兽爪？又短又粗，跟橡皮擦一样难以分辨。衬衫的扣子也快要崩开似的。这是在网上大码服装专卖店里搞买一送一大清仓活动时剩下的商品，一看就知道是旧款式。不过没关系，对我来说这是工作服，没必要刻意追求审美。但为什么我有想把镜子打碎的冲动呢？真是难以忍受。我抱着这种难以忍受的心情，继续处理一点都不重要也无意义的工作，偶尔偷偷使用聊天软件，就这样度过上午的时间。正午十二点的钟声响起，组员们把钱包和手机放进口袋，而我仍旧坐在位子上。组长看了我一眼，说：

"朴代理今天也自己吃啊？"
"对。"
"你带便当了吗？"

他问了我这个已经超过一百次的问题。大概又是在明示我，如果不跟团队一起吃饭，会无法融入他们。

我装作没发现他的说话意图，用比任何人都纯真的表情回答："中午用餐愉快。"

办公室就剩下我一人，终于迎来了宁静。大家都离开的办公室安静得像在鲸鱼肚子里。我东看西看，像怕被发现犯了什么滔天大罪般打开办公桌抽屉，拿出蛋白粉和雪克杯[①]，将蛋白粉倒入杯中。我走到饮水机前给雪克杯装水，然后有点手忙脚乱地开始摇晃。我还从办公室的冰箱里拿出一个装在黑色袋子中许久的冷冻地瓜。我嚼着冰冷的地瓜，觉得快噎到的时候就喝乳清蛋白，把干干的地瓜吞下去。这就是我过去两年的菜单。没错，我正在减肥。其实全国五千万人口中有一半的人总是在减肥，我为什么还要这样看人脸色？我要坦白的事情还有一件：我在去年冬天晋升为代理，体重也终于超过一百公斤（无法确定两者之间的关联性）。在体重超过三位数之后，我干脆放弃称体重，现在可能又变重了。我的右膝盖会痛，就算只爬一层楼，心脏也跳到不行，不只开始觉得公交车或地铁的座位很窄，甚至在市中心商场的品牌店里也找不到合身的衣服了。早上喝一杯美式咖啡，中午吃乳清蛋白配一两个地瓜的人，为什

[①] 又称摇杯，用于混合液体或固液混合物以制作饮料。（编注）

么还会是这样的体重，我也觉得很不可思议。

这是在说谎。

这个世界上最清楚为什么我的体重会这样的人就是我自己。除了之前我提到过的慢性病（胃炎、胃食管反流、干眼症），我还有一个深受困扰的老毛病，就是所谓的"夜食症候群"。这个长久以来已经广为人知的夜食症候群，是最足以说明我的生活模式的词语。下班之后的三四个小时我会在公司附近的咖啡厅里写作，到家就快午夜十二点了。洗澡后躺在床上时，会有股让人无法忍受的饥饿感袭来。我试着下定决心自制：今晚绝对要饿着肚子睡觉。但是用力闭上眼后，我还是因为饥饿感而无法入睡。你说只要吃可以稍微降低食欲的坚果类、热牛奶或水煮蛋就可以了？我当然试过。然而就算抓十把杏仁放到嘴里，也还是解决不了我那野火燎原般的饥饿感。最终我还是拿起了手机，打开外卖软件。今天的菜单是双拼无骨炸鸡。五十分钟之后，我的房间就充满了香喷喷的油炸味。啊，孤独又温暖的人生滋味。我看着索然无味的综艺节目，不知道自己为什么在笑。直到把一整只鸡都干掉后，那渴望到不行的困倦感才终于出现。如果我现在马上躺下，胃酸一定会逆流，但我实在抵挡不了瞬间袭来的睡意。我想，如果现在不睡觉，明天一定没办法去上班，我现在一定得躺到床上去，然后明天晚上一定要饿着肚子睡觉。

这个世界上没有比上班更讨人厌的了

02

肥胖和疯狂的历史

我今天也是一到下午六点就从位子上站起来,然后像小偷般悄声地说:

"我先走了。"

从资历二十三年的组长到资历七年的吴代理,没人有要下班的意思,甚至根本没什么人打算站起来。但我无所谓,因为我是在约定好的时间内拿约定好的钱做事的劳动者,还因为工作态度像美国人,而获得"Michael"这个称号。由于我们组的人总是叫我"Michael",其他组的人甚至真的以为我是从美国归来的侨胞,或至少是从美国的大学毕业的。我反而觉得让他们误解比较轻松。毕竟我知道他们都觉得从不和大家吃午餐或参加聚餐的我,是个"社会生活"(虽然不知道字典上的正确定义是什么,但总之就是那个)不及格的怪胎。

自从我下定决心"反正有什么不如意就干脆辞职不干"之后,所有的事情就轻松多了。我一点也不在乎。

这也是在说谎。

若是真的不在乎他人的看法,应该也不会有这些可有可无的想法吧。

我的性格跟我看着就像坏人的长相不同,其实我做事很小心,也很会看别人脸色。只不过我决定将写作当作我的本业,将公司的工作当作副业。下定决心是一回事,性格又是另一回事。虽然我还是会看人脸色,但仍决定按照自己的想法做事,运用那想象不到的内在能量。下午六点整,我往办公室门口走去,后脑勺有点痒痒的,(我穿的是跟运动鞋差不多的舒适机能皮鞋,鞋跟不太会发出声音)莫名为不发出脚步声而暗暗努力。办公室老旧的门好像发出了大大的摩擦声,我似乎幻听有人叫住我,于是赶紧把门关上,奔出公司大楼。

走到街上时，我还怀抱着坚定的意志，想着今天一定要运动。但一接近健身房，原本紧抓着背包带子的手却松开了。昨天没去，所以今天一定得去，但是脖子后面为什么这么酸痛呢？腰好像也不太舒服。我今天确实认真地工作了。好像在哪里听过，若是以这样僵硬和疲劳的状态去运动，很有可能会受伤；不仅效率降低，搞不好还会严重流失肌肉。一周有七天，其中只要四天，只要运动四天就可以了，今天不去也行，不是还有明天吗？对嘛！

我转往反方向，往公交车站走去。包好像突然变轻了，不舒服的脖颈也轻松不少。我莫名觉得心情很好，甚至开始哼起歌来。我就这样抱着"既然没运动，那今天晚上一定不能吃夜宵"的决心上了公交车。

公交车上当然挤满了人。层层套着的衣服好像都被汗浸湿了，我快要无法呼吸。啊，真的，人类真讨厌。上班族里真的有那种真心不讨厌他人的人吗？我讨厌死人类了，但为什么现在肚子又饿得乱叫了呢？我在人满为患的公交车里挣扎了几十分钟，才艰辛地在小区的车站下车。虽然可以换乘小区公交车到家门口，但我没有再次挤进人群的自信，就决定步行了。既然没去运动,这点距离当然还是要步行啊!

我把手机拿在手里,往家的方向慢慢前进,却觉得眼前总是浮现外卖软件。我删了好几次这个"救援队",却每到半夜重新下载……这个软件真的是来毁灭我的。今天压力太大了。我下班前喝了乳清蛋白,不管怎么想都应该要控制热量的摄取,但我的身体很奇怪,就算肚子不饿,却还是会有饥饿感。是因为我的内心空虚吗?我打开月历软件,读起之前写下的每日计划(其实只能说是决心):

"一天热量控制在一千三百卡以下。肌肉训练一小时。有氧运动五十分钟以上。小说手稿产出五页以上。"

中午败给饥饿,吃了咸鳀鱼汤面,也没做肌肉训练和有氧运动,今天一天就跟毁了没什么两样,跟其他日子差不多。不过……没关系,我习惯这样的自己。

有计划的、遵照计划过活的人生是什么样子呢?别人我不知道,但起码就我来说,我的生活中没有一件事是按照计划完成的。天生就好吃懒做的我,以前是个非常爱放假,但也为放假所苦的孩子。虽然不用去烦人的学校很开心,但在没什么事要做的状态下,就应该自己想好该做的事，制订计划生活，但我完全没有这种天赋。我总是躺在沙发上，看电视，无所事事，度过空虚的一天。然后上床睡觉时，我会有一种天花板要掉下来的感觉。那不只是天花板，还是整个天空、世界，还有我要忍耐的明天、我的人生，全都压在我身上的感觉。当心脏跳得很快，耳边开始传来高音警报般尖锐的耳鸣时，我会尽全力忽略那个声音，然后摩擦冰冷的手，坐在床头，看书看到凌晨，再像昏倒一样睡死。没睡好的隔天我一定会睡得很晚，然后又以疲惫的身躯躺在沙发上，像僵尸一样看着电视。与其整个假期都这样跟睡眠战斗，还不如去作息时间正常的学校好。我在高中三年级时才知道这种症状其实是一种有点特殊的病。

我跟当时韩国所有的考生（就像《天空之城》[1]的艺瑞）一样，为超越极限的压迫和压力所苦，我的症状变得越发严重，并在入学考试的时候到达顶点。那时还有第一学期保送的制度，可以申请的大学数量也没有限制。我很想赶快从令人郁闷的故乡和入学考试地狱中逃

---

[1]《天空之城》是一部韩剧，讲述了居住在韩国顶端的上流才能住的城堡里的太太们，希望将自己的子女培养成天之骄子，并为此进行各种欲望斗争的故事。艺瑞为此剧的主人公之一。（编注）

出来，于是把申请文件寄给了几乎所有位于首尔市内的大学，然后分别参加了所有大学的考试。问题是只要到考试前夕，我就会因为耳鸣整晚无法入睡，或是在浅眠期间做噩梦，结果只睡三十分钟就醒来了。在入学考试那一周，我还曾经一整个星期都做了像连续剧一样的梦（穿白色衣服的人拿着斧头追我，我满世界地不停逃跑，跑啊跑啊，跑了又跑……）。虽然我有几个比较敏感的朋友也睡不好，却没有人像我一样每次考试都睡不好，或是耳鸣，甚至有胸痛之类的情况。

再这样下去真的不行，所以我只好跟父母求救，最后被他们带到了大学附属医院。我去了心脏内科和神经外科，最后到了精神健康医学科（当时的精神科）。在几次的心理测验和血液检查、心电图检查之后，拥有常春藤大学博士学位的专科医师给我的诊断是躁郁症及其引发的恐慌发作。专科医师请父母来到医院，告诉我们三人都必须进行药物搭配咨询的治疗。然而父母拒绝了针对他们自己和我的治疗，非常符合二十世纪五十年代出生之人（出于无知）认为留下精神科诊疗记录会对未来人生造成不良影响的偏见。再加上他们不想改变过去贯彻人生的思考方式，也就是说，这个选择含有不想面对散落在自己人生中各种问题的意味。他们单方面决定放弃治疗的那天晚上，压在我身上的天花板比任何时候都来得更重。

我有一种在广阔的世界、漫长的人生中彻底被独自留下的感觉。

不久后，我用自己的力量找到了赢过这些症状的药——盒装饼干和桶装冰激凌。我毕竟也需要一些安慰自己的东西，这点食物应该还好吧？又不是烟和酒，就只是一直吃零食而已。就是从那个时候开始，我只要一回家就一边看《老友记》或《欲望都市》之类的美国情景剧，一边吃堆积在家里的饼干。那个瞬间，是我一天中唯一能让心灵休息的时间。当然，我并不知道当时的那个选择会成为一切轨迹的起点。真的，我做梦都没想到。

高中三年级的尾声，在经历了超过十次的落榜后，我终于考上一所首尔的大学。离家时我比以前胖了至少十五公斤，然后我在第一学期结束前把那些脂肪都减掉了。但喝酒后再度胖了回来，在镜子里看到自己鼓起的肚皮，我又开始饿肚子……那段时间，我胖了又减的脂肪重量，加起来足足超过一百公斤。

平常我吃的量不多（胃不好，所以吃不多），行动不是慢吞吞的，从习惯的层面而言，也一直在零零星星地运动。朋友经常对这样的我说："你只要睡前不暴饮暴食就可以了。"

我知道，我知道啊！谁不知道啊！

三十一岁的我被发现有腰椎间盘突出、胃炎、胃食管反流、大肠激躁症和躁郁症这五种慢性病。这些病症在职场生活的第二年后恶化，因此我开始在医院接受用药处方。早上的药跟晚上的药加起来总共有十二颗。我想着吃药之后应该又会胖十多公斤，真不知道当时父母的判断是否正确。

我的手指甲常常会长倒刺，所以我总是把指甲剪放在床头，一到早上就把晚上长出来的倒刺剪掉，避开肉以免流血，日复一日。吃药就跟剪倒刺一样。我今天也吃了十二颗药，然后躺在床上，想着我忍受、经历过的所有事，最后竟然只迎来了这种人生，我的内心便感到无比凄凉。我还感觉到一股点开外卖软件的冲动。现在点餐的话，就必须晚一个小时睡觉。如此一来，不用想也知道会一整晚胃酸反流，说不定第二天上班还会迟到，然后明天一整天肯定完蛋。我没有时间沉浸在感伤中，只好再次把眼睛闭上，想着今天晚上一定要饿着肚子睡觉。

03

只要
减个肥,
看起来应该
会好很多?

坐在我旁边的职员 A 进入公司一年，是个很普通的韩国二十多岁男性，也是赫赫有名的"九零年代"出生的人。他不在座位上的时候，组长就会背着他脱口说出"那个让人摸不着头绪的'九零后'"。感觉组长好像把我当成"自己人"，但那是因为组员中没人把（虽然是管理阶层，但因为性格冲动，树敌太多，对公司内的政治愚钝，因此跟断了线的风筝没两样的）组长的话听进耳朵里。我虽然也没对组长抱有什么善意，却不想因为站在谁那边而被牵连进公司的内部斗争，所以我像个机器般努力维持中立。只要组长跟我搭话，我就会对他点点头，不会明目张胆地无视他。也许是因为其他人都干脆把组长当空气，所以即便我只是点点头，好像也变成是在支持他。

最近组长常常亲近地跟我搭话。对话的内容大部分是在骂新职员 A，说他就如同"最近的年轻人"一样，没他人的允许就比自己早下班（我也一样）；如同"最近的年轻人"一样，不自己找事情做，只处理被分配到的工作（我也是）；如同"最近的年轻人"一样，如果分配比其他人更多的工作给他，就会毫不掩饰地表达不满（我甚至不接受额外分配的工作）。"从朴代理的角度来看，是不是也觉得'九零后'有点奇怪？"组长说的"九零后"特征其实跟我没有太大的差异，我虽然想自我防卫，说"我是稍微走在前面的拥有'九零后'风格的'八零后'，但我实在很清楚，我不过是个社会生活失败的落后之人罢了。

总之，组长说个人主义倾向强的 A 似乎也挺聪明伶俐，他知道坐哪个位子比较好，也知道看人脸色，很快便跟其他组员熟络起来。甚至在进入公司没多久，他就加入公司足球队或撞球队等内部团体，周末也很积极地参与活动。说不定他是球类运动的超级粉丝，或是跟（太过轻率定义的）"九零后"有很大的不同（说不定我这种毫无连贯性和让人摸不着头绪的特性，才是上一辈人说的"九零后"模样）。我以旁观者的角度观察办公室的所有角力关系——想着"尽是一些让人疲累和失望的事情"——最终下定决心辞职。

就在某个午休时间,我跟往常一样,在座位上准备慢吞吞地吃自己带来的便当时,开始了一场意外的对话。平常顶多打打招呼的 A 突然跟我搭话,问我:"今天天气不错吧?"我一边想着"你就管好你自己吧,干吗突然这样",一边随便应付几句,结果 A 又突然问我:

"不过,朴代理,听说……你是作家?"
"并不是啊!"

我条件反射地说了谎,背上起了鸡皮疙瘩。话说你到底是从哪里听来的啊?!

"咦?我在 NAVER[①] 上搜索过了,上面说你是作家欸!"

天好像塌下来了。既然我说不是,你就当不是吧,干吗打破砂锅问到底啊!你该不会读过我的小说吧?难道因为他是公司附近的男高毕业,读的又是工科大学,陆军退役后考托业进入我们(全是男性,虽然官方表示没有,但明显有性别筛选的)公司,就认为他不会读小

---

① 韩国的一款搜索引擎。它是世界第五大搜索引擎网站,也是韩国最大的搜索引擎和门户网站。(编注)

说，是我基于偏见的傲慢吗？如果他真的读过我的书怎么办，或者在公司散播谣言？算了，什么谣言啊，我是作家这件事又不重要。看我什么话都没说，A又问：

"真神奇，我旁边居然坐着作家！你是在NAVER Webtoon①之类的地方发表连载吗？你是怎么成为作家的？是像新春文艺那一类吗？"

"啊，那个没办法在NAVER上看……也不是新春文艺……就是……类似的东西吧。读研究生的时候偶然……但是你是怎么知道的？"

他说是图书管理专业出身、服务器管理组（屈指可数的女性新人）同期告诉他的。我们公司竟然有会读书的人，这不就代表至少有两个人知道这件事吗？啊，我真想死。我也知道自己很奇怪，因为本来不就是为了给其他人看才写作并且出书的吗？结果我竟然是这样的反应。但是我的文章是自己的心灵战场，我不想被别人发现自己如同战场般荒烟蔓草的心情应该也很正常吧？不会被识破的，我的真心或敌人之类的绝对不会被发

---

① 韩国的一个漫画平台。（编注）

现。我只会像容易被遗忘的存在一样，如同静止的物品在这里停留一阵子，然后在某天突然消失。我一边下定决心，一边为了逃避目前的窘境而从位子上站起来。我跟他说要去吃午餐（随便瞎掰，然后可能去个洗手间之类的），但是此刻的 A 不懂看人脸色，继续说：

"但是，那个照片啊……"
"嗯？"
"就是 NAVER 上的那张大头照，可能是以前的照片吧，跟现在完全不一样。"
"嗯……哦……"

虽然我装作不在意似的回答，但那其实是我一年前到曼谷玩时拍的照片，就像其他人一样，从数千张照片中选出的最好看的一张。但是看你KakaoTalk①的头像跟实际长相的差异，坐在你旁边的我，不管是外貌还是头像，好像都轮不到你来指指点点吧？

"如果减肥，然后控制一点身材的话，应该会很受

---

① 一款韩国的免费聊天软件，类似于国内的 QQ、微信，可供 iPhone、Android、WP、黑莓等智能手机通信的应用程序。（编注）

欢迎吧？代理你很像一张还没刮的彩票①哦！"

A似乎把想说的话都说完后才出去吃午餐。我留在原地，感觉好像身体各个地方都被揍了一拳。他凭什么评判我的外表啊？为什么他可以这样随便对变胖的人的身体说三道四？居然说什么"没刮的彩票"——我明明比任何人都努力活在自己的现实当中，为什么别人可以这样随意对我该成为什么样子指手画脚啊？当然我也知道他没有恶意，反而是带有称赞的意味说了那种话，但那问题更大。且不说上了年纪的部长，受过人权情感教育长大的世代，难道不知道议论他人的身体是很过分、失礼的行为吗？不管是医学层面还是美学层面，社会有所谓的正常体形，默认苗条为美，变胖即代表无法拥有权力。也就是说，对弱者特别刻薄和严格的韩国社会，包含我在内的大部分肥胖者，每天都直接或间接地暴露在"必须变正常"的暴力视线中。

不过我身为肥胖的男性，状况可能还相对好一点。社会对于发胖女性的鄙视和批评，简直是超出想象的。每当女演员或歌手稍微变胖，总会出现那种"变

---

① "没刮的彩票"是韩语里的一种说法，指因不懂装扮或身材不好等暂时没什么魅力，一旦努力进行外貌管理就会变好看的潜力股。（编注）

胖了""自我管理失败（根本不知道要管理到什么程度）""职业精神不足"之类的留言。真要说的话，演员是演戏的职业，歌手的本业则是唱歌，为什么苗条的身材要被理所当然地包含在职业素养里啊？

不久前，有一名演员减肥成功引起了话题。她作为演员，穿梭在舞台和屏幕之间，积累了比任何人都丰富的经历，也曾获得相关的优秀奖项。我以前也看过几次她的演出，并且在那之后变成了她的粉丝，经常会找她的相关报道来看。在她减重前,那些报道总会出现很多类似"还没刮的彩票"的评价(稍微减一点会更漂亮、应该为了健康减肥等,根本无关报道主题),也不时会出现充满批评的词语和对肥胖百般厌恶的内容。即使在她(为了角色)减肥后,状况也没有变好。"减肥后看起来变老了""胖一点比较好,比减肥后好看""就算饿肚子也是'不会中奖的彩票'"之类批评外貌的留言依然甚嚣尘上。这些人根本不在乎她过去这么长一段时间,为了职业拼死付出的努力。她作为演员的价值被彻底无视,只剩下体重的变化与人们对肥胖的厌恶。连身为旁观者的我都觉得无比凄惨,她身为女性,又从事着必须不断受他人评价的职业,这种残酷的现实严苛得令我无法想象。

也许是因为我多少有点"九零后"的感性吧(?),我实在不理解为什么要对他人的身体、脸蛋和生活说三道四。生活中只要呈现自己喜欢的模样不就好了吗?那些打一开始就想要修正他人体形的话语,对我来说有点违背常理。

"某某的眉间像大西洋一样宽,做个开眼角手术应该会好很多吧""只有四十多岁但看起来像年过花甲的姜部长，如果在他那让人分不出是额头还是头顶的部位移植四千单位左右的毛发，看起来可能就会跟我的年纪一样了""吴组长，如果眼睑下垂矫正跟双眼皮手术一起做，看起来总是很累的神情应该会更加轻松"……

如果我在日常生活中把任何一个刚才列出的句子说出口，应该会非常无礼吧？这些的确是很没礼貌的话。但是为什么有人可以若无其事地说出"只要减了肥，应该会很不错"之类的话呢？到底是谁赋予他们任意七嘴八舌的权力？政府？媒体？他们大概只是想强调自己比那些体重超重的人接近所谓的"正常体重"，以此确认自己握在手中的权力吧。

是啊，但我凭什么骂人呢？在（除了公司之外的）社交场合中，我的确会先站出来抛出有关厌恶肥胖（也就是以贬低自己为基础）的玩笑。我通过先骂自己来忍受其他人对我的羞辱，笑容就是最简单的防御机制。不只如此，我还在门户网站、书的勒口上放上比本人更显瘦的照片，比任何人都更拥护"正常体重的神话"。我这个全世界最害怕镜子的一介胖子，只能一边下决心今晚一定要饿着肚子睡觉，一边努力进入梦乡。

04 名为请帖的无间地狱

每次只要一接近截稿时间，我就会睡眠不足，心情也会比较低落。特别是初稿写不出来时症状还会加重，这时我就会觉得，平日里喝的晨间咖啡含的咖啡因实在是不足。

就是因为这个，我才会一到午餐时间就迅速带上笔记本电脑包跑到星巴克。毕竟这里可以同时满足高浓度的咖啡因与简单充饥需求，并有惬意创作的环境。在找位子的时候，我发现平常爱坐的靠窗位子满了。像我一样略过午餐直接来星巴克，只为脱离职场社会的灵魂竟然这么多，我感受到一股莫名的同志情谊。我一边坐到大桌旁的位子，一边拿出笔记本电脑，无心地瞄了一下前方，结果看到刚进大学时很亲近的同届哥哥往我这边走来。我条件反射性地耸了耸肩膀，想表现出认识他的样子。不过他的视线扫过我之后，就朝空位而去。我装作什么事都没发生一样回到座位，却掩饰不住尴尬。我变得再怎么胖，也不至于完全认不出来吧？算了，反正打了招呼也只会带来麻烦，还是工作吧。我重新开始敲击键盘，却不禁觉得好笑。这时旁边有人拍了拍我的肩膀。

"请问你是朴相映吗？"
"什么嘛，哥。我有这么难认吗？"

同届的哥哥哈哈大笑后，说"你真夸张"（？），然后坐到我旁边的位子。哥说"我也胖了很多"（虽然没我这么离谱），他以前尖细的下巴塌了，眼睛下方也黑漆漆的。我们随意地问候对方："你最近过得怎么样？""我上班啊，哥呢？""哦，我也是在这附近上班。"……接着彼此分享一点都不好奇的大学同届的近况（谁结婚之后生小孩、谁成功离职、谁去了英国留学、谁不只结婚还离婚了，等等）。在讲完各式各样的话题之后，对话就开始断断续续的，我心里想着差不多是时候各自回到座位上时，这位哥哥还是继续问一些没意义的问题，延续对话。接着他突然拿起手机：

"我们保持联络吧。"

手机桌面是一个美丽女性的照片。我慢慢输入号码,疑心也渐渐涌上来。这个哥哥该不会是想寄喜帖给我吧?我用非常小心的口吻问他:

"这位是谁啊?该不会是……哥的女朋友?"
"你在说什么啊!这是 IZ*ONE 的珉周啦!"

我重新打起精神一看,真的是珉周。别说女朋友了,哥已经单身超过一年,还说如果有不错的女生,要我介绍给他(他讲这话时的语气是当天最真挚的)。后来他马上露出他特有的表情道别,我则用哥哥当借口,放弃那天的工作。虽然怀疑善良又单纯(?)的哥哥让我觉得抱歉,但到了我这样的年纪凡事可不能只看表面,毕竟我有过几次类似的经历。

不久前,我在学生记者时期为了取材共见过两次的新闻来源人,突然在 KakaoTalk 上亲切地跟我打招呼。

相映,你过得好吗?

我为了藏起真正的坏性格并维持社交礼貌,就回答"啊,好久不见,过得好吗",然后像出完牌后待机一样等候。对方提到我去年出的小说书名,并说自己是我的粉丝。我跟平常给人的迟钝印象不同,瞬间爆发力很强,所以听到再怎么让人为难的问题,我都能边笑边快速地响应(那无关我的真心,只是顺着脊椎的反射神经回答)。但是遇上看过我的书的人,我却不知怎的好像变成一个被抓到的罪人,又像吃了河豚毒素似的全身麻痹。我瞬间忘记该说什么,对方则继续说着有关我的作品的感想,还说跟周围的人推荐了我的小说,等等。"啊,真的很感谢,谢谢",我只能像机器一样回答,尽全力藏住惊慌的神情。

啊,对了,我要结婚了。你有时间的话就来玩吧,不要觉得有负担。

手机屏幕上晃眼地显示出他的电子喜帖。看到那不知看了几千次的照片、几万次的措辞,我的心凉了下来。叫我不要有负担?我觉得现在跟你的对话简直太有负担了……

不过,这点程度还算好的。大学同届突然邀请我进有五十人的群组,发了请帖之后消失;明明知道是相互讨厌的职场同事,却还把请帖放在对方的办公室书桌上;邮箱上插着根本不知道存在与否的亲戚的请帖……这种事情对我们来说都时有耳闻。特别是去年秋天,请帖热潮实在太过猛烈,我甚至每周都会在群组里收到几张请帖。工作持续累积,截稿日即将到来,感觉自己就快要爆炸的某天,我实在无法忍受一直响起的信息提示音,便在KakaoTalk的自我介绍里写上"不要寄请帖给我"后,退出了所有的群组。之后,我便以轻松的心情入睡,睡醒之后一看,感觉好像自我意识过剩(实际上的确是自我意识过剩),所以又马上删掉了……为什么所有的宣言在说出口的瞬间,都会看起来这么惹人厌又没逻辑呢(好比"今晚要饿着肚子睡觉"之类的)?

尽管这么说,但我并不反对结婚制度,对他人结婚也没有抗拒心理。亲近的人结婚时,我也会真心祝福。我甚至曾在几个非常好的朋友的婚礼上承担主持或唱婚礼祝歌的任务,比任何人都积极参加(甚至以这样的经验为素材,写了名为《在熙》的短篇小说,还把它拿去卖了)。但每次收到那些我一生中没见过几次的人的喜帖,只觉得茫然和厌烦。未婚的四十几岁的前辈曾跟我透露,他在过去这段时间给出去的礼金大概超过一辆二手车的价格了。这不得不让人开始思考一种围绕喜帖的拜金主义。

现代人主要分为两种：
一.已经结婚或预计将来结婚的人。
二.对结婚没兴趣或决定不结婚的人。

第一种的话，就算彼此不是那么熟，从互助的层面来看，也是一种"公平交易"的关系。但是这个世界上有很多人属于第二种，对结婚有恐惧的人，将来也不打算结婚的人，不想为了一点都不熟的人拿出十万韩元左右的礼金、挤出宝贵的周末时间的人……第一种人跟第二种人就如同水和油一样互不相溶，但看起来第一种人似乎没有体谅或放过第二种人的意思，所以才这么执意要给根本不熟的人送请帖。大家大概可以猜出，我绝对是属于第二种的（非）自发性不婚者。从还是个十岁小鬼的时候就一直把"我绝对不会结婚，就这样"当作口头禅，我对结婚的敌视已经有很长的历史了。

从以前开始，结婚之类的制度对我来说就像充满幻想的童话一般。一个人遇见另一个人，并在同一个家一起生活一辈子。在这个连山、田野和树木都会变的世界里，居然还有所谓"永远"的承诺。把脚踝截断的红鞋或穿透明衣服的国王之类的童话对我来说还更现实一些。

因此，其他约定我都非常准时，唯独婚礼总是迟到或忘记，甚至连在练习写作期间遇见的、有战友情谊的作家金世喜的婚礼也没能参加（即使我是真心想参加）。没能去的原因，是睡过头了……对于学生时代十二年间从没迟到或缺课的我而言，这是非常少见的事。从那之后我也曾在朋友或亲戚的婚礼迟到，或干脆没能参加，每次都一定有理由，但总之只发生在结婚之类的场合。这样看来，说不定是我自己在无意识地尽全力避开结婚这件事。就算是我，也未必全然了解自己啊……

对像我这样完全没有结婚想法的人来说，单身婚礼之类的点子就很感兴趣——宣告一生只会拥抱着自己而活的盛大派对。有人可能会觉得这是专为那些失望又孤独的作家设计的无聊之举，但既然所有的仪式都是被创造出来的，哪有新的制度是不能被创造出来的道理呢？我也觉得我好像可以跟自己结婚。我别说是结婚了，自从踏入文坛开始，就连小小的恋爱都已完全断绝,最后被朋友调侃说我跟小说结婚了。我甚至想,要不然干脆真的跟小说办个婚礼算了?

真要这么做的话——租个那种全国都有的图书馆或作家会馆,跟外烩公司①订餐,去试穿礼服,然后将书的封面和我的照片贴在一起做成喜帖,邀请所有人,包括那些只是萍水相逢的人。只要在会场前面安排两个负责礼金盒和账簿的人,一切就很完美了……

我一边沉浸在这样的妄想中,一边一个人躺在宽大的床上,然后下了决心。为了预备不知什么时候跟小说结婚的婚礼,我今天晚上一定要饿着肚子睡觉。

---

① 外烩指主办方设宴款客时,从外部聘请专人来设宴场地准备餐食。外烩公司则专门承揽这类业务。(编注)

05
我悲伤的恋爱的二十六页

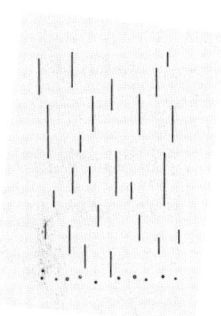

最近我身边发生了一些不平凡的事情。感觉一辈子都会维持华丽单身一族的朋友，竟一个接一个地开始谈起了恋爱。有整整四年断绝与他人肉体和情感上的交流、像僧人一样过活、似乎会永远单身的朋友B，突然开始了烈火一般的恋爱，和我失去了联络。其中几个朋友甚至还结了婚，到配偶那跨海的遥远国度去了。回过神来，才发我已不知不觉变成孤立无援的状态，进入只会在家、公司、咖啡厅（还有偶尔去的健身房）间穿梭，对着人生叹气的阶段。一到樱花盛开的春天，我就变得害怕打开社交软件，因为手机屏幕上会充斥那些彼此相爱，并且毫不迟疑又乐意展现这些事情的人。

大地雪融，花开了，嫩芽长出，暖风轻轻吹拂脸颊，只有我独自留下，而且是以一百公斤的重量……

就像我在前面强调过的，二〇一六年踏入文坛后，我再也没有任何恋爱故事。在过去三年约会不超过三次，可以说是彻底处于恋爱寒冬期。我倒也不是从出生开始就这样的（？）。在二十几岁的时候，我也是一直赌上人生不断恋爱的。除了就算不需要赌上性命但还是赌上了这件事之外，其他也没什么值得一提的。

我黯然度过十几岁的年华，好不容易在首尔的大学实现了梦寐以求的"物理上的独立"，当时我充满了希望。我曾相信，在熬过前面充满各种压迫的生活之后，我将开始全新的、不同的人生。然而，我二十几岁的第一页（就跟其他人一样）充满了失望、绝望之类的词语。我完全没办法与聚集在各自出租屋里谈论女人的前辈变得亲近。我因为分数不够而进入的专业不只很无趣，还经常挂科。我每天都喝酒，常常逃课睡觉。这段时间似乎仅仅成为我人生的一大段空白。

为了填补这段空白，我谈起了恋爱。那时的我不太懂自己（虽然现在也一样），不知道自己到底喜欢什么样的人，不知道喜欢上某人时我会变成什么样子，所以有许多"错误"的经历。有些恋爱对象只像朋友，有些恋爱对象则像家长，有些恋爱对象像与我没有血缘关系的孩子，还有些则像宠物（也就是像狗）。也许对那些恋爱对象来说，我也是这样的存在吧——像孩子也像狗的那种人……

在经历这么多事情后回过神来，我好像得了不恋爱就会死掉的病一样，持续地谈着恋爱。恋爱的结束总是让人痛到骨子里，每次开始新的恋爱又为了不重蹈覆辙而努力。现在回想起来，如同在做笔记一样，有种逼迫自己要参考过去的失败来建立更好的关系的感觉。我当时相信自己是在渐渐变成更好的人，而且总有一天会找到"答案"。

也因此，在我人生的第二十六页，二十多岁时与D之间的恋爱故事，对我来说有点特别。那年冬天，大学毕业后待业中的我，好不容易进入一家杂志社当实习生，靠着所谓的（工资连最低规定时薪都达不到的）热情每天加班度日。原本预计三个月的实习时间，随着总编辑和前辈的心情变成六个月，后来又变成一年，像麦芽糖一样一拖再拖。我盼望着转正这个未知的果实，每天疲惫不堪。这时D出现在我的人生中。D是个三十多岁（虽然现在看起来这个年纪没什么大不了，但当时真的觉得很成熟，又像大人），经济上、精神上都很稳定的人。我的生活当时没有任何所谓的稳定可言，而我需要的 D 全都有，这让我不禁被对方深深吸引。我结束加班很晚下班时，一定会看到 D 的车停在公司建筑的后方。D 会递给我马卡龙或三明治之类的，跟我说"辛苦了"，然后摸摸我的头。每当这时，我积攒的一整天的不快，瞬间就消失得无影无踪。我们一边往家的方向前进，一边大聊各自无法跟他人透露的阴暗面或过去的创伤。我们时常开心地见面，分享各自的日常（如明显没两天就会在病理学上出问题的上司，或不合理的组织之类的）。我和 D 经常谈论未来。我一边喝着泡菜汤，一边想着自己是不是已经开始经历从前没经历过的，能够完全拥抱各自优、缺点的"成熟的恋爱"了呢？说不定基于这样的关系，彼此会相约永远，走得长久？

不过一个小问题发生了。交往不过三个月，我就胖了七公斤，而这件事竟成了一切事情的祸根。实际上，我们的约会有八成是在一起吃点什么。不幸的是，我们能约会的时间也只有加班结束后的深夜。跟我在同样时间吃同样食物的 D，体形却完全没变化。后来我才知道，原来 D 减少了睡眠时间来运动，是个有轻微运动中毒、经常在嘴边挂着"自我管理"之类的词语的现代人类。D 开玩笑似的捏起我肚子上的肉，问"你怎么会肚子都饱了还继续吃"时，或是说"运动的时间本来就是努力创造出来的"时，我就隐隐感觉到，D 似乎对我感到失望。但那的确是事实，因为不管是以前还是现在，我总是非常懒惰，觉得移动自己的身体是件很麻烦的事。在压力极大的情况下，别说是照顾自己了，我甚至反而让自己的身体像一块闲置在角落的破布般，享受并沉溺于那些甜蜜的诱惑中。

就这样，跟 D 交往后过了三个季节，春天来了，我跟前辈吵架之后冲动地从公司辞职，体重最前面的数字也变了，在极度的失败感中我再次变成待业人士。我在 D 的公司前面像宠物一样安静地坐着，为就业读书，等 D 下班后约会。D 变得经常在我面前叹气。D 说在压力越大、越辛苦的时候，"自我管理"就越重要。我一边笑,一边说"我会的"。因为那么说是为了我好,也是正确的话。D投入到公司的新计划中,我们见面的时间渐渐减少了。D更频繁地在周末上班,我们对于彼此的生活模式也越来越不满。我问了即使十天没见到面也还是认为"自我管理"的时间更重要的D,是不是可以把跟我在一起的时间放在优先顺位。D似乎并不想破坏自己创造出的完美日常模式,我告诉D我觉得很难过。D问我:"如果我变得肥嘟嘟的,你也会喜欢我吗?"我似乎知道这句话背后的意味。虽然心情不太好,但我还是努力开玩笑转移话题。

"变胖当然好啊,这样不就代表你在地球上占的分量变多了吗?"

我说这句话时多少是真心的,因为当时对我来说,D的体形或外貌已不是那么重要了。D叫我不要试图用笑声回避问题。但你之前不是说觉得我有趣,所以才很喜欢我吗……类似这样的吵架持续了几次。

就这样,我们每天都意识到彼此的不同,分分合合了几次。

某天，我跟好不容易周末不用上班的 D 一起去了天空公园。天气很晴朗，这是我第一次去天空公园。公园很美丽，人们都在笑着，我难得心情不错。我们挽着手走上山丘，坐到长椅上。我一边脱外套，一边说天气好像很热。D 说我变胖之后，呼吸声音好像变大了，健康状况变差了。虽然我说我的状态没什么问题，但 D 一直反复强调胖对于找工作也比较不利，最好还是减肥。我回答："你可不可以不要再说这种话，就像我没有要求你不要再运动一样，你可不可以接受这样的我呢？" D 说不知道我为什么生气，甚至还说：

"你以为我是冲动才这样说的吗？我怕你不高兴，还跟朋友商量过才说的。"

"所以你是说，你跟那些我没见过几次面的朋友坐下来围成一圈，讨论要怎么样才能改变我的体形，要怎么样才能改善我的惰性？"我因为从未感受过的羞辱，什么话也说不出。

"我不是说你不好，只是你渐渐离我的喜好越来越远了。为了爱人，这点程度的努力你应该做得到，不是吗？"

D用坚定的语气这么说。在说着"我也为了你忍耐和努力了很多"的D面前,我再也没有任何想说的话了。这时我才深刻感受到离别即将来临。

回家的路上,我低头盯着地面走路,灰色的人行道砖块被染成更深的颜色。我抬头看了看天空,发现竟然在下雨。我全身淋着温热的春雨,觉得我人生的某些部分也跟着流走了。在那之后我重新就职、踏入文坛、出书,达成了人生的数个成就,并在很长一段时间里,认为自己是懒惰且令人寒心、不会自我管理、必须做出改变的人。我用D跟我说的那些话来责备自己。我们一同度过的那些时光有多美好、多温暖,我们的关系就有多深远,我也就痛了多久。

虽然已经过了很长时间,但我到现在还是没办法跟使用"自我管理"之类的词语的人亲近。我没办法轻易相信接近我的人,也没办法在任何关系里承诺永远,就这样得过且过地过日子。打起精神才发现,我已不知不觉成了每天晚上都重新下决心要饿着肚子睡觉、没出息的三十多岁的大人。

06

最低时薪编年史——Shake Shack 汉堡的冥想

我家前面出现了一家 Shake Shack 汉堡店。我虽然是个每次看镜子都会叹气的三十多岁的上班族,但还是下定决心准备总有一天要去一趟。

某天下班,我从公司出来后总觉得尾椎痒痒的,实在不想去健身房(虽然大部分的日子都是这样),于是我意识到就是今天,这天终于到来了。

我没有回家,而是向着 Shake Shack 汉堡店的方向前进。

市区的 Shake Shack 汉堡店(想当然是)人满为患。我点了基础的 Shack 汉堡、芝士薯条和奶昔,汉堡肉的熟度则是一分熟。收款机上面的价钱显示接近两万韩元(Shake Shack 汉堡的其中一个特色就是没有套餐)。疯了吧,这是多少钱啊?虽然这么想,我却没马上取消。既然一整天工作了十三个小时,这点食物应该没关系吧?我这么想着,最后还是递出了信用卡。店里没有空位,我只好去占室外露台的位子。今天跟其他天一样,悬浮微粒浓度很高。

十分钟后,我拿到半生不熟的汉堡。虽然好像比我知道的 Shake Shack 汉堡要更小一点,但我想似乎也没什么办法,就走到放着我的包的位子坐下。我用两只手郑重地拿起昂贵的"汉堡大人",咬了一口以这个价格来看多少有点寒酸的汉堡,嘴巴里顿时充满美国产肉饼的味道。肉食者的福气。我莫名想流眼泪。

我在二〇一九年的某天,一边细嚼着两万韩元的汉堡,一边决定冥想一下,为了吃这个浸透着肉汁的汉堡,我过去到底过了什么样的生活,经历过哪些事情。

二〇〇七年,我二十岁时,在钟路区明伦洞的半地下房间中,开始了大学新生的生活。当时父亲冲动进行了高风险的投资,导致家道中落。我没有余裕支付保证金,于是我负担得起的居住空间就只有一个月三十五万韩元,连吃饭也可以一起解决的半地下寄宿房。我对刚开始的大学生活并不满意，在同龄人间的社交生活也很不顺利。我常跟一些没什么交情的人熬夜喝酒导致经常缺课，却没办法跟任何人交心，甚至经常发生烂醉如泥昏睡时，听到蟑螂爬过的声音而醒来之类的事情。

独居生活不过两个月，我就明白了一件跟父母住时不知道的事实。

人类只是呼吸也在花钱。

父母从不宽裕的生活中挤出二十万韩元作为我的零用钱，一个月汇来一次，但这对于在首尔过大学生活的我来说完全不够。结果我很快就把从十几岁开始存的压岁钱和零用钱都花光了。然后开始（跟所有其他朋友一样）在兼职招聘网站上找适合的工作。当时时薪三千四百八十韩元的工作比比皆是，时薪五千韩元的兼职格外吸引人。于是，我毫不犹豫地点开该招聘信息。

用人单位上传的招聘公告中写着，征求在五星级饭店负责早餐服务和客房服务的人。工作时间是从早上六点到下午三点。如果好好规划时间表，我还可以听下午的课，周末也可以休息或当家教，或是跟朋友喝酒去玩似乎也很不错。"是啊，我找到最适合我的工作了。"然而过了不久，我才发现一切都是错觉。

那是我在汝矣岛附近一家饭店的第一个上工日。我从大厅进入餐厅的入口，原本守着柜台、穿着正装的职员认出了我。

"兼职的？"
"是的。"

他生气地质问我怎么可以从客人的入口进来，并说工作人员一定要从停车场方向的工作人员通道过来。他把某个大概是他后辈之类的人叫来，那个职员急忙带我去地下。不同于重新改造后辉煌灿烂、布满大理石的外观，跟地下停车场连接的工作人员通道，依旧是数十年前的老旧模样。

我顺着工作人员通道出来，看到放有数台客房服务推车的空间，再过去则是放满巨大架子的食品仓库。这里所有的地方都很旧。像门又像墙壁之类的地方有小小的洞，我问前辈那是什么，结果他说是老鼠经过的洞穴。老鼠经常在面粉仓库出没。看起来废话很多的直属前辈（正职）是个大我八岁的男性，听说是从澳洲的酒店学校出来的。他也没问我的名字，直接给我写着"见习"二字的姓名牌，并教导我简单的规则和必须熟悉的用语。

"兼职生，你去外国人房间做客房服务的时候，只要记住两个短语就可以了。'Thank you''Room Service'。"

他说进去和出来的时候，只要像鹦鹉一样重复那些话就可以了。我虽然（因为观看美剧多年）会简单的日常英语会话，却没有特别讲出来。因为感觉我的英语好不好、有没有读大学、住在哪里之类的，对他们来说一点也不重要。我至少看得出，装作什么都不会对社会生活是比较有利的。

从当时我住的明伦洞到汝矣岛坐公交车需要五十分钟。我每天在凌晨四点五十分起床，坐大约五点零七分的第一班车到饭店。尽管时间很早，有的时候还是没有位子。我很惊讶地意识到，在凌晨五点就有这么多人去上班。我经常在更衣室里换制服换到一半哭出来。那个时期，我觉得低亮度的照明和温暖的空气特别适合哭泣。

由于饭店位于汝矣岛附近，经常有演艺界的人会来这里用餐。我在大理石柱前面拿着水瓶，像家具一样戳着，一边工作，一边以听制作人跟记者们聊天为乐。一位有名的主播也是其中一名常客，他的声音大到在厨房都听得清清楚楚，让人印象深刻。跟在电视上看到的不同，他们说话没什么格调，也经常骂脏话。不过后来我也见怪不怪了。

早餐时间结束后，我到客房区四处转转，收拾客房服务的碗盘。我推的（给客人看的）清扫用车不是新式的电子车，而是老旧的木车。我推着填满二十多个碗盘的车，深感腰酸背痛。装在托盘里的食物全部是高价品，但回收碗盘的时候看起来就像完美的垃圾。我抓着推车的木把手，不自觉就会被木刺扎到，而放在更衣室储物柜的针正适合用来挑卡在手里的刺。

"Thank you. Room Sevice."

就像平常一样，我拿着装有美式早点套餐的托盘喊出两个短语。很快就有一位介于青年和中年的白人男子穿着浴袍出来。他用清楚的美式口音的英语问我：

"Thanks. What's your name（谢谢。怎么称呼你）？"
"I am Young（我是映）。"
"Haha. Hi, Young. You look so young（哈哈，映，你看起来很年轻）。"[1]
"Cause I am Young（因为我是映）。"[2]
"Oh! Your English is so good（哇！你的英语真好）。"

那不然呢？他觉得韩国人普遍英语很差，所以问我怎么会说英语，我因为没什么话想说，就简短地回道因为受过教育。在那之后，他还一直跟我搭话，我用不怎么样的英语回了他几句。他点的是十八美元的美式早餐，给了我一张五十美元的纸钞，并让我把多找的钱拿走。他对低头道谢的我说："Always be young（永葆年轻）。"

那是运气很好的一天。我将相当于日薪的三十二美元揣在口袋里，走在回家的路上。太阳浮在半空中。我在寄宿房洗澡时看到我那明显比实际年龄老成的脸

---

[1] 作者名字中的"映"写作"Young"，同英语"young（年轻）"。（编注）
[2] 这里一语双关，也可理解为"因为我很年轻"。（编注）

虽然会胖，还是想吃完炸鸡再睡

庞。在半地下室暗淡的浴室照明下，我看起来也比同龄人疲累。下水道口缠绕着不知道是谁的毛发。

这瞬间我突然好想去美国。

前往可以花掉这三十二美元的地方吧！我这么想着并下定决心后，突然想起大学考试失败后逃到美国去留学的朋友，以及说要去美国传教的牧师表哥。当时美元兑韩元的汇率是1∶930。我提交了休学申请，那时我正好因为第一学期的成绩太差被学校警告。我用在饭店工作六个月存的钱，瞒着妈妈拿走注册费，搭上了前往美国的飞机。我决定寄人篱下，住进（逃去留学的）朋友在纽约的住所。我在纽约度过了圣诞节。我穿越人潮，看到了洛克菲勒中心前的圣诞树。玩了一整夜后，我在麦迪逊广场花园斥巨资买了超过十美元的Shake Shack汉堡来吃。虽然这相当于我两天的生活费，但我把它合理化为送给自己的圣诞礼物。汉堡肉饼的肉汁滴答流下，我一边擦嘴一边吃着汉堡。

这是之前我从没体验过的令人着迷不已的味道。我下定决心，每当我的人生发生好事时，都要买Shake Shack汉堡来吃。

当然根本没什么好事发生。

那时华尔街爆发次贷危机,跟我一样住在出租屋、就读于哥伦比亚大学的哥哥说,这个世界就要变得乱七八糟了。会这样吗?我想,结果确实如此。汇率暴涨,我带去的钱全部贬值了。我那用五千韩元的时薪和零零碎碎的小费存起来的一点积蓄,当然不可能撑得久啊,我想。

我回到了韩国,也可以说有一半是出于自己的意志。我考了托业考试后申请了美国陆军附编韩军,但是在抽签中落选了。人们聚集在光化门,货柜被设置在那里挡住人潮[1]。回到韩国的我回归了大学生身份,变得对任何事情都无法产生积极正面的情绪。只要想到"劳动"或"最低时薪"之类的词语,我就常常会产生一种无可奈何的心情。

在全国传唱 Brown Eyed Girls[2] 的 *Abracadabra* 时,我去当兵了。

---

[1] 二〇〇八年,李明博政权向美国政府放宽牛肉进口限制一事引发韩国民众示威。(编注)
[2] 韩国女子偶像团体,*Abracadabra* 为其代表曲目。(编注)

我退伍后，家里的状况变得稍微好一些，爸爸几乎快倒闭的公司重振了起来，我得以在相对宽裕的环境中上大学。

二〇一二年夏天，我通过了一个营销公司的实习生项目。实习生计划的竞争率是300∶1，最后总共选拔了十名大学生。这些人大部分对营销和广告抱有憧憬。他们会选出我们之中较优秀的人，在公开招募时免去简历筛选。在那里，我做了所有实习生可做的各种杂事，主要是做人们觉得不值得花时间的搬运之类的工作。当时我一个月可以拿到八十多万韩元，换算下来连当时的最低时薪四千八百五十韩元都不到。尽管拿着这样的薪水，我跟其他同事还是用尽热情去做所有工作，即使那些工作其实不需要努力、热情、智慧或竞争。

二〇一三年，我初入职场。那是位于新沙洞附近的一家杂志社，我也是和数百名应征者竞争后被录用的。上班第一天，我就被冷到不行的办公室，还有比办公室更冷漠的前辈吓到。我跟同届的同事领着一个月不到一百万韩元的薪水工作（前辈说"我们试用期连交通费都没的拿"，并说"要知道感恩"）。我跟同届的同事不分昼夜地写报道和取材，也不停地（真的不停地）被骂。截稿时经常熬夜,有时周末也得加班。

我当然知道自己拿的钱连最低时薪的边都靠不上。实习时间却从当初约定的三个月渐渐延长到六个月、十个月。

"试用期长短会视你们的表现而定。"
像口头禅一样,总编辑经常对我们这么说。
不到六个月,我的同事得了斑秃,而我从公司辞职了。

在这之后我去过广告公司和咨询公司,这些职场有好有坏。接着,我就毫无留恋地进入文艺创作研究所就读。在研究所,我的劳动仍持续着。我申请了学贷才得以开启的读研生涯,不可能过得庸庸碌碌。我在校内的一个中心里,不意外地拿达不到最低薪资标准的时薪,担任的职务是助教,每次的工时是半天。我的工作是协助外国教员和学生沟通,虽然薪水少,但工作不怎么辛苦。

我对能待在可以稍微使用英语的环境里感到开心,没工作的时候还可以写小说,所以觉得挺满意。

就在某一天，对我经常混用半语的教职员叫了我的名字。他抓着写有自己姓名的卡片，一边说天气热，一边叫我去给办公室职员买冰激凌。我说，我觉得买冰激凌似乎不在我的工作范围内。叫我跑腿的教职员非常生气，隔天我就被中心的副部长叫过去。他说，我对助教这个职位似乎有些误会。根据副部长所说，助教只要照做被吩咐的事情就对了。我说，我没办法同意这句话。

隔天我就被叫到中心部长室了。中心部长问我：

"被叫去买冰激凌是让你这么不高兴的事吗？"

我说我并不是生气，只是认为那是我工作范围外的事情，所以才不愿意做。而他则说我服从上级命令的态度不够。我想起被选为助教的第一天，部长把我叫到他的办公室，自负地说他从大学时期到成为教授的现在，一直都在为劳工运动贡献心力。

服从上级命令？

我认为，至少我似乎并不包含在他所认为的"劳动者"中。

好不容易完成研究所的学业，我却无法立刻踏入文坛。二〇一六年，我在光化门的一个公司拿稍微高于当时最低时薪六千零三十韩元的薪水，开始了约聘职员[①]的工作。虽然劳动环境比以前好不了多少，我却觉得比以前更容易忍受了。

那年夏天，我运气很好地踏入文坛。幸好持续获得邀约，我才得以不断写稿。虽然有按时收到约定的款项，但对于维持生活来说还远远不够，因此我也就继续过着约聘职员的生活。

二〇一九年，最低时薪是八千三百五十韩元。我的月薪仍然在最低薪资的边缘，我的体重却比二十岁时多了三十公斤。尽管每天运动，肉却好像没有能被减掉的意思。新闻连续几天播报提高薪资导致企业和餐厅快完蛋的报道。我重复着每天早上五点起床，在上班前花三四个小时写作，从上午九点开始工作到下午六点，回家之后倒头大睡的生活。

---

① 指公司（或组织）与员工之间建立的一种短期、灵活的非全职工作关系。（编注）

每当写作时、稿费汇进来时,我都会觉得我好像是空荡宇宙中的一粒灰尘。但我总会安慰自己,幸好我还年轻,这时就会莫名想起二十岁时,那个穿着浴衣跟我说"Always be young"的美国人。

还有 Shake Shack 汉堡。

我把汉堡吃完后,将芝士薯条和奶昔灌进嘴巴里。就算把沾到盐的手指都吸吮过一遍,饥饿感还是没有消失。就是因为这样才减不了肥啊!我怎么想都觉得分量好像比以前少了,果然人生根本没什么好事。我一边从位子上站起来,一边想着还好我的性格已经变得不会那么轻易失望或被吓到了。

07 名为我选择的生活的困境

每次在面对人生重要抉择时,我都习惯冲动地做决定。在写大学申请书时、决定专业时、找第一份工作时,我总是做出跟计划或预想截然不同的选择。其他过于急躁的选择也都是这样,我的选择总是伴随着后悔。随着年龄的增长,这样的冲动少了,毕竟我再怎么令人失望,还是有所谓的经验可供学习。我意识到,在冲动的决定之后倒塌的日常生活,需要花非常长的时间和努力才能复原。

然而我自认为意识到的,其实也是错觉。

那天也是一如往常,也就是说,我有即将截稿的稿件。我在凌晨五点左右起床后闭着眼睛洗澡,然后穿着长得像西装裤,实际却是缝着松紧带的休闲西裤进入公司前面的咖啡厅,喝双倍浓缩的美式咖啡配地瓜干,并开始写作。我不知道自己在写什么,但手指一直动着。接着我一定会在上午九点上楼去公司,打开Excel,一边不停打哈欠,一边看着屏幕。我泡着亲自申请争取到的、用办公经费购买的速溶黑咖啡,感觉牙齿越来越黄,然后在十点半左右去洗手间刷牙,看着洗手间镜子一角裂开的部分,想着我到底在这个镜子前站过几次。

不记得了。

回到办公室坐在我的位子上时,坐我后面的崔副部长突然杵了杵我的肩膀。我一转头,崔副部长递给我一个手掌大的粉红色盒子。盒子上面有以减肥和抽脂闻名的医疗连锁店商标,还有长得像肉色年糕的卡通人物。我看到"减肥"这样的字眼,不自觉地"噗"出来。

"副部长,请问这是什么?"
"我从某个地方拿到的礼物,朴代理吃吧。"

到底谁会把这个买来当礼物?不是,比起那个,办公室人这么多,为什么偏偏要给我?好吧,想来是因为我最胖。那我应该感谢你的好意吗？虽然这不是什么该笑的事，我却忍不住笑了出来。

说起来，我在第二份工作中也遇到过类似的事情。当时是广告公司实习生的我，被告知自己被分配到正在准备新提案的项目小组。这对实习生来说是难得的机会，我还以为是因为自己有什么厉害的能力被认可，后来才知道，广告主（也就是崔副部长递给我的减肥茶的牌子）是有名的减肥医疗连锁专卖店，当时公司认为最胖的我应该知道最多的减肥信息，在经过考虑后才下此决定。我那时不像现在过度肥胖，只是比一般人稍微肉了一点。但在加班为必然、周末选择性工作还得在午休挤出时间去健身俱乐部减肥，深信"自我管理"是工作一环的广告产业中，我的身体当然是必须被矫正的对象。我野心勃勃准备的简报最后以失败告终，二十几岁的我用全身领教到"资本主义"之后，离开了公司。

我出于礼貌谢过崔副部长之后，打开了盒子。盒内装有数十个长长的茶包。我按照盒上写的，在杯子里倒入冷水，撕开包装撒入粉末。原本透明的水很快就变成粉红色的了。颜色看起来真人工，我想，同时尝了尝味道，是甜的。喝下后感觉比想象中还甜还酸，有一点涩涩的味道。我把这个茶当作"点心"，所以就算知道它对我的体重不会产生任何影响，我还是一口一口继续喝着这既甜又酸，还有一点涩味的冷茶。喝茶喝得很开心，我却莫名对崔副部长感到更加厌烦，这应该可以跟人权委员会申诉吧？我一边这样想着，一边又觉得毕竟是免费喝的，就决定忍下来。也是，不忍下来又能怎样？我反复想着，不好的心情终于渐渐消失，甚至开始感恩，至少是为了我才给的礼物……

不管对方有什么意图，不管我当时处境如何，为什么只要有谁对我施予一点好意、善意，我就会觉得感激呢？这或许是我有很长一段时间断绝与他人交流的关系吧。因此，就算只是一段关系中小小的、如一粒尘土般的好意，我也会把它当作大大的恩惠。这么说起来，我在现在的公司也不知不觉待了三年。这段时间里不仅我的外表有些变化（如说变胖），本质好像也有所改变。

三年前，二十九岁的我进入了这家公司。那年夏天我幸运地进入文坛，实现了成为作家的梦想。周遭有很多比我早进入文坛的朋友，因此我也知道成为作家并不代表往后就一帆风顺。我也经常听说,有很多没有收到稿约而直接休业的作家。很幸运的是,我在进入文坛后一直持续收到邀约,如此才能一直维持写作。但就算每天努力写作,也还是赚不到能独立在首尔生活的费用。虽然我下定决心,只要能够通过写作赚到维持生计的费用,就毫无留恋地从公司离职,但这件事情尚未发生。

这已经是我人生中第四家公司了。之前待过的公司,工作类型、雇用方式、年薪条件全都不一样。虽然我认为在找新工作的时候,一定要找比之前条件更优越、环境更好的,却每次都待不满一年便离开了。而我之所以在这家公司待得最久,完全是因为可以准时上下班,也就是说,我是为了让自己能顺利写作才继续待在这里的。在满三年的这段时间里,我已经写了两本书,很多有关我的事情改变了。

最近我在几个访谈中坦白我的日常生活方式(早上约五点起床,工作两三个小时后上班)后,有人说我过得很充实、意志力很强,甚至还有留言说因为我而开始自我反省,这让我感到非常讶异。我其实一点也不勤恳,生活方式也不健康。晚上回到家,我不洗澡就直接瘫倒在床上发呆，然后在看Netflix①或电视节目的中途就昏睡过去。要洗的衣服一直堆着，家里渐渐变成鼠窝，全身的炎症越来越严重，变胖就更不用说了。我只是像把几乎用光的牙膏死命挤出来一样，努力撑着罢了，并不是有计划地充实度过每一天。

我每天都在崩坏。我成了作家，出版了自己的书，获得刊有我的文章的版面，却失去了情绪自我调节或管理日常的方法，也完全失去了相信自己可以按照自我意识行动的信念。

我认识的作家大都有两份职业。全职作家也像是在职场中一样，在忙碌的行程中过活；也有很多人有了家庭，还要一边育儿一边写作。我曾认为，我也是可以做到这些事的人。一边写作，一边做其他这样那样的事情，四处乱跑，可以适当调整生活状态，还能做做料理。但这些不过是完美的错觉罢了。

我会在那些实在难以撑过的日子里这样想——这些生活都是我自己决定的，我是实现了自己长久以来的

---

① 美国奈飞公司，也称"网飞"，是会员订阅制的流媒体播放平台。（编注）

梦想的人，也就是说，我是完全按照自己的选择，活在无人指使的人生当中的。

尽管如此，也没什么改变。屏幕前的我依旧微微驼背坐着，像乌龟一样，填着 Excel 的空格，在难以忍受的情绪中度日。我喝完粉红色盒子的减肥茶后从位子上站起来，接着向后转，走向办公室最角落的位子。在一步一步往前踏出的时候，我就知道马上会后悔，不对，是这个瞬间我已经在后悔，但别无他法。组长盘腿坐在椅子上，没穿带石头的按摩拖鞋，桌上的纸杯里装着他吐出的痰。我瞄了那个东西一眼，对着他的后脑勺说：

"组长，我要辞职。"

这是我人生中第四次离职。

虽然会胖,还是想吃完炸鸡再睡

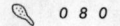

08 那天，如此害怕的事情发生了

在我表明离职的意愿后，表面上什么也没改变。

大家都跟平常一样对待我，同届或后辈同事有时会说些"朴代理，真羡慕你"之类的话。最先发现我变成（？）作家的同事 A 也突然往我耳边靠过来说："哥，我也打算近期离职。"好像跟我很熟似的，让我觉得有点负担。每当这时，我都会露出有点不好意思的微笑说"现在很担心生计啊"，装作诉苦的样子，划清明确的界限。

其实我完全不担心生计（可能是相信过去三年存的钱和离职金，顶多就是再打个工，应该也勉强过得去吧，反正不管怎样都比现在好啊……），只是心里希望快点离开这里。递给我减肥茶的崔副部长也慢慢接近我的位子，分配一丁点工作给我，并说：

"大概做一做就好了，朴代理。"

"好的，谢谢。"

"但是你离职之后要做什么？就靠写作过活吗？"

"嗯？您是在说什么……"

"你不是作家吗？我们都知道！"

什么啊，又是哪个大嘴巴？！大家真的都知道吗？但是我的生活却没有任何变化？过去三年来我这么努力隐藏，结局却让人这么泄气。我到底在藏什么？总觉得突然一切事物都进入涅槃（？）的境界似的。我用轻松的语调回答副部长：

"对啊，我打算写作，然后在 NAVER 上连载赚钱（当然 NAVER 根本不知我的存在）。"

崔副部长说了些"哇""好酷""真厉害""加油啊"之类有气无力的话之后，就默默回到自己的位子上。

奇怪的是，我在他离开之后感到一阵酥麻的安心感。没什么大不了嘛！或许我害怕的不是被发现自己是作家，而是被发现是作家之后，还要每天面对同样的脸庞——我认识的某人读了我的文章、了解我、对我感到好奇，而我必须对此做出说明。或许这才是我害怕的。

说起来可能有点好笑，我觉得在不认识的人面前介绍或说明自己的文章并不困难。我反而比大部分内向的作家更积极宣传自己。我宣传作品用的社交账号是公开的，我也很积极地回复读者的问题。出了第一本书之后，我跑遍全国的图书馆和书店参与活动，甚至获得"文坛的宋歌人[①]"的称号（当然收入是天差地远）。可能是因为这样的性格，我才不想让认识我的人、我每天都要碰面的人阅读我的文章吧？想让不认识我的人阅读我的文章、想对认识我的人隐藏自己，我过去三年都在这两种矛盾的欲望中彷徨，把自己孤立起来，全身上下都散发着自我意识过剩的气息。算了，算了。我一边想着现在说这些有什么用，一边决定停下不断延续的思绪——虽然这才是我最不擅长的……

我花了半天把被分配到的工作都处理得差不多后，空虚感莫名浮现。明明干脆地写了辞呈之后欢欣雀跃，心情舒畅到不行，但随着日子一天天过去，不安却莫名

[①] 宋歌人，韩国人气女歌手，在音乐、综艺、广告等多方面开展活动。（编注）

涌上心头。距离（可以拿到离职金的）离职时间还有约一个月，对我来说也如毒药一般令人难受。我这段时间为了截稿或宣传活动把假都用完了，所以剩下的工作日都得出勤。都是我自作自受，但又能怎样呢？

为了赢过不安和空虚，我开始实施最喜欢的"制订无计划的计划"。就跟小学生刚放假时做的那种似的，有一成完成的可能，但九成实现不了的计划表。比如：

一、健康减肥不掉肌肉（好像我有肌肉可以掉）
二、一周去一次美术馆（然后一定要上传到 IG）
三、下载这段时间没能看的电影和电视剧（这是百分之百可实现的目标）
四、一周读两本以上的小说（绝对不可能）
五、一周读一本以上的诗集（绝对不可能）
六、去牙科
七、做健康检查

三十几岁的男性（对于健康和文化艺术）的执着与贪念，大致可以像这样整理成一个凄凉的清单。我为了万无一失，把到目前为止签的所有出版合约都掏出来，将这些合约的出版节点和收录下个短篇集的小说目录、长篇小说连载时间点、散文主题和题目之类整理成Excel文档。(尽情发挥使用Excel六年多的实力)制订每年、每月的计划后，还用不同的颜色区分中短期目标，然后很奇怪，情绪就变得比较稳定了，真的太完美了。如果顺利执行，我的三十几岁一定就会变得很充实。但大概十分钟后，我原本倍感欣慰的心情再次感觉到空虚。

不知不觉下班时间快到了，我一如往常，在下午六点钟响后立刻从座位上起来。包异于往常鼓鼓的，里面有一件夏天穿的下班用（？）短裤和除臭喷雾。我在填满书桌抽屉的杂物中，拿了两个特别没用的东西放进包里。我怕一次把所有东西都带走太重，决定一天带一两件回家。我想着用这种慢慢清空书桌抽屉的趣味，撑过每一天。今天的心情不错，虽然思考了一下要不要去趟健身房，但因为包很重（？），所以决定赶快回家。

回家把行李大致放了放，没洗澡就躺到床上去了，虽然吃了晚餐才回来，却又莫名感到饥饿。我很清楚，这并不是真的饿了，只是情绪上的空虚罢了。我之前读过有关毒品或酒精上瘾的书（在书里用的表达是中毒），中毒患者经历的症状跟我点夜宵之前的心理机制非常相似，这让我很惊讶。

我生来就很容易忧虑，会像这样不断思考。我小时候曾相信，想得很多，有各式各样的烦恼，是很客观且合理的思考能力。但是现在，持续不断地思考之后，羞愧感总是接踵而至。思考让人类孤独、空虚。

我就像平常一样，手掌和背脊有一种痒痒的感觉，外卖软件开了又关。不过，我决定今天做和平常不一样的选择。为了明日全新的人生，也就是为了我那用不同颜色的 Excel 利落整理后的未来，今天晚上饿着肚子睡……不着的话，至少可以吃一些简单的食物。我把放在冰箱里的原味酸奶拿出来吃，很快有了饱足感。是啊，今天算是成功了。我莫名感到欣慰，洗了脸后躺到床上。我想着以后就像这样一天天有意义地度过就可以了，好像我今后的人生就是条康庄大道似的。这时的我完全没意识到，未来将发生在我身上的各种骇人的事。

那天，如此害怕的事情发生了

07 对谁都不亲切的金班长

在我宣布辞职之后不到十天，公司突然发布人事变动。有一些人出乎意料地晋升，有一些人则被降职，而将代替我职位的人选也出炉了。我不是很感兴趣，想着大概是原本在其他组里工作的代理，或不久前选出的新人吧。

不过出乎意料，推开我们办公室门进来的，是不久前届满退休，连续三十年在每月晨会时间获得贡献奖的隔壁组金部长。已经好好走出去的人为什么会在这里啊？不同于露出惊讶表情的我，其他人好像都预料到这个状况般在隔板下低着头。金部长晃着肚子走进办公室后，呼唤组长的名字问："敏彻啊，办公室的空气怎么这样？"还叫他嘱咐新人要打开通风扇。吴代理把金部长带到我旁边的位子旁说：

"您坐在这里就可以了。"

金部长回答"这样啊",坐到我旁边的空位上,开始把东西一个个掏出来:看起来实在不知道是用什么材料做成的凉垫、三支MONAMI[①]圆珠笔、皮革精装的公司记事簿……金部长把记事簿放在书架上,一边打着长长的哈欠,一边调整椅子的高度。不知道金部长本人还是金部长带来的东西,在某个时间点开始散发恶心的味道。(反正再过半个月就不会再见面了)我很露骨地表现出不快,并把桌上用的电风扇放到自己面前。金部长一边搔着手臂,一边问现在要做什么,吴代理回答:

"坐旁边的朴代理会交接工作给您。"

等一下,你这是在说什么蠢话啊?我把坐隔壁的A带出办公室。A几乎成立了公司里现存的所有社团,对内部的事情比任何人都了如指掌,感觉他好像会知道些什么。结果A果然知道一切始末,他说,公司认为对于实际上最没存在感、仿佛被流放般的我们经营支持组,与其分配新选进来的职员,约聘的职员反而会比较

---

① 慕那美,韩国知名文具品牌。(编注)

适合。刚好政府在倡导工资高峰制度①和老年就业制度之类的政策，已退休的金部长就以一年又十一个月的约聘制重新回来当员工。他的职位既不是部长也不是职员，而是模棱两可的"班长"。是因为这个称呼跟之前的"部长"首音（都是 B 和 Z）一样的关系吗？听说因为我担任的职位是采购，之后他会全权负责公司建筑的维修或杂事，所以才新设了这样模糊的职位。"哥，这半个月你就把它想成是在清大便吧。"A 这么说，我一边想要把他的嘴缝起来，一边回到座位上。

金部长，不，是金班长，叫着组长和副部长的名字说：敏彻啊，这里的咖啡怎么买这么难喝的？梓弼啊，我现在是要做什么？……搞得大家人仰马翻的，没有人能够好好回答他的问题。这也代表，现在必须由我做他说话的对象。我跟他说，因为预算不够，所以买了最便宜的速溶咖啡，也说明了以后只要用最低价购买职员要求的物品，然后上交草案就可以了，这是我过去三年的工作，简单到连小学生都做得到。金班长回答"啊，这样吗"，然后打开了老旧的台式电脑。一直到登入公司工作系统都还好，然而在那之后金班长大概

---

① 工资高峰制度是指从一定年龄开始递减工资，保障工作到一定年限，公司会用省下来的钱雇用更多的年轻人。（编注）

盯着屏幕十秒，连手都没放到键盘上，就问我："但是草案要怎么上交啊？"这让我大吃一惊。我一边想过去三十年他到底是怎么在公司度过的，一边像父母教导孩子走路一样，跟他一个一个说明公司的系统接口。教一个忘一个，教三个忘两个，在金班长面前，我彻底醒悟，原先以为我之后的半个月会"躺着赚"，根本就是大错特错。

金班长连我快七十岁的姑姑、爸爸都用得很顺的购物网站最低价筛选也不太会用。我把金班长电脑中的网络浏览器首页设成知名购物网站后，（很不像自己）亲切又仔细地说明"厨房和打扫用具在这里，文具类的则在这里购买"。当然，他也是一副似懂非懂的样子。这可恨的公司还真是到最后也不放过我。是啊，期待好聚好散的我才是傻子。但是，到这里都还是工作分内的事情，没关系。问题是，金班长有他那套运用（？）休息时间的方法。他每个小时会打个大大的哈欠，然后大声问："有去抽烟的人吗？"他依次叫了组长跟副部长的名字，当然没有任何人回应他，最后就叫最好欺负的我跟他去（他不记得我的名字，叫我"喂"）。我虽然果断地跟他说我不抽烟，他还是继续说要偶尔走动再休息才能减肥（那请问您的肚子该如何解释？），让我渐渐觉得烦躁。没办法,只好被他拖去屋顶吸烟室的我,有些别扭地站在他旁边看手机,然后摆出一副不要跟我讲话的姿势,但他不是能察觉这类事情的人。

"你辞职之后要做什么?"

办公室的人都知道我之后的动向,但他完全不清楚。也对,除了我没人想跟他说话,这也是理所当然的。我也不自觉地冲动回答:

"我想去纽约。"
"纽约?去读书吗?"
"嗯,可能吧。"

他突然问起我的故乡、我住的地方,然后说我住的小区是他以前读高中的地方;接着开始以"我们那个时候啊"为开场白介绍自己,当时从名校K高中毕业的他进入附近的名牌大学主修机械工程;毕业后就到国内首屈一指的重工业企业上班,跑遍全国;在三十年前生了孩子,并转到位于首尔的这家公司扎根。我就说"啊,这样啊",没灵魂地附和着。他问我从纽约回来之后想做什么,我实在没什么好说的,就说我想回研究所完成学业（当然是谎话）。他说他以前一边上班，一边每天只睡两三个小时来完成博士学位，还分享了写博士论文的"英勇事迹"。我像机器一样点头，说"您真了不起，真的很勤恳地生活"。不久后，他把弄皱的烟放到手中拿着的纸杯里：

"有什么用，现在还不是变成这样了。"

金班长哈哈笑着，把纸杯放到窗台上，头也不回地走向楼梯。我对着他的后脑勺说"您不能这样丢在这里……"好像自言自语似的。我把纸杯丢进垃圾桶，那个长得像水缸的大垃圾桶，里头堆满不知道放了多久的烟蒂。

回到座位，金班长仍然在跟审核系统缠斗。我看着他突然很好奇，等我到了他的年纪时，我在睡觉的时候会想些什么呢？六十几岁的我也会每天下决心，想着今天晚上要饿着肚子睡觉吗，就如同现在三十几岁的我一样？

我坐到他旁边，假装在搜索最低价物品，打开的却是机票订购网站。我胡乱搜索从济州岛到东南亚、澳大利亚、欧洲的最低价机票,然后像被什么附身似的,用很快的速度结了账。

某个冬天,三十几岁的我从公司辞职,去了纽约。

10

太过清醒的离职

上班最后一天，我在早上七点左右到达公司前的咖啡厅。虽然没有快要截稿的活儿，但还是习惯性地一早就醒了。我打开从家里带来的金锦姬作家的小说集——《太过清醒的恋爱》。这本书我已经看过几次了，却还特地在离职这天带来，是因为小说里的人物跟我的情况有点类似。《太过清醒的恋爱》其中一篇，主角弼龙被降职调到的组就叫"设施管理组"。我看到他在组里面做的工作，跟我在公司做的工作几乎相同，莫名觉得好笑。我想，弼龙大学时期的爱人良熙都三十几岁了还不振作，依旧做着舞台剧之类的东西，艺术、梦想算什么啊……想着想着——天啊，这不就是我吗？好像监视器一样，把我的日常照出来似的。我这才后知后觉地意识到这件事让我莫名觉得好笑，怎能不产生共鸣呢？我连续看了三四个短篇，不知不觉就快到上班的时间了。

我像机器一样打开电脑，坐在位子上，意识到已经没有任何分配给我的工作了。我只是默默地坐着，却不禁在意起他人的眼光（我以前甚至不曾在意他人的眼光，直接做其他事），像在找什么东西似的打开办公桌抽屉。多亏这段时间很辛勤地把东西带走，里面的东西就剩下（藏在常用品仓库里的）一盒签字笔和连接USB的桌上迷你电风扇。那个恰巧是锦姬前辈在一个颁奖典礼上递给我的礼物。很神奇的是，当时那是我非常需要的物品，也多亏这个鲑鱼色的电风扇，我度过了两个凉爽的夏天。前辈的小说，为什么就如前辈一般亲切呢？不对，是前辈为什么像前辈的小说一样这么亲切呢？我是个亲切不起来的人，是不是不该写情感丰富的小说呢……我一边想着，一边将剩下的物品悄悄放进包里。现在该做什么呢？我正这么想时，刚好一个很熟的哥哥打了电话来。我如往常一样，把手机放进口袋，假装要去洗手间，然后打开办公室的门出来，跑到走廊的尽头。一定是有什么有趣的事发生了，这位哥哥总是会因为这个在早上突然打来电话。

　　我抓着未挂断的电话，抵达锅炉室前。我怕电话已经挂掉，赶紧拿起电话回复：

"你等我一下。"

我火速按下锅炉室的密码。这个地方在过去三年是我的秘密电话亭(?)。硕大的商用锅炉后面的大会议室里,有我偷偷拿过去的折叠式椅子。我把它打开坐下。大学同届的哥哥在四年级的第二学期成功拿到有名且高薪的公司的录取通知,即使对他当时的年纪来说,业务较为繁重,也经常需要加班,但仍然被所有同届祝贺。他虽然在进入公司三个月后就吵着说不想干了,但到第八年的现在还好好待着。哥哥说发生了好笑的事情,刚好适合我最近在写的散文,就这样开始滔滔不绝(作家经常遇到这样的事:有人觉得自己的生活跟小说没什么两样,然后单方面地向我吐露人生……但他们的故事一次也没有成为我的小说素材……)。

哥哥在公司最近的定期体检中被判定为中度肥胖,所以被半强制地加入了公司的减肥计划,听说会用各式各样的检查以及专业的分析来激励大家(我心里想,给很多钱的公司还提供这些东西啊)。这里最值得一提的,就是遗传基因检查了。

"听说我是容易变胖和复胖的体质,那是从一出生就由遗传因子决定的。"

虽然我想"有必要通过遗传因子检查去判别这个东西吗",但还是很兴奋地附和着。就我这个门外汉的感觉而言,肥胖遗传因子检查乍听之下很像塔罗牌或算命之类的东西,但仔细了解后发现,还真的是有很多医学根据。高血压或高脂血症、体内脂肪水溶性、运动反应性、肌肉生成等,都会在出生时就被遗传因子记下。因此,拥有该遗传因子的人依照其生命周期,以概率来计算的话,可以知道他将来会有什么样的体重、体形。

哥哥的情况是,他并非天生就偏爱咸食和甜食(有不喜欢咸食和甜食的人吗?),而是血压对钠的反应度低、碳水化合物分解快;并非脂肪储存旺盛,而是运动反应性高。也就是说,就算吃多变胖,又运动减肥,也还是会为复胖现象而苦,一生注定像这样在减肥和复胖间反复。

我们一起笑出声,说完"是啊,我们就拼命吃、拼命运动,然后这样胖胖地过活吧"之后,挂掉了电话。

我把椅子折起来,想着要把它再拿回大会议室吗?又觉得"算了",就放着了。我不禁想着,或许往后,某个只是想逃离办公室片刻的人可以有效地使用这把椅子。也或许,所有在职场的人都需要这么一个放着椅子的小房间吧。我关上了锅炉室的门。

我带着笑容回到办公室,果不其然,戴着老花镜的金班长问我"朴代理这个要怎么弄啊",同时死死盯着屏幕。金班长持续以单词为单位狂问问题,而我的位子上则贴满急需回复的便条。我叹了口气想来处理工作时,组长突然把我叫过去。一靠近他的位子,他就问我毕业的大学和专业。我老实回答后,他又问我是保送还是考试、考试成绩多少、考试一般怎么考、托业分数多少……他像招生负责人一样问个不停,我当时还在纳闷"这个大叔是怎么回事啊",后来才知道,他第一个儿子现在读高三,正在努力准备保送。他嘀咕道,真不知道那些文件该怎么写,我心里想"你不要指望我帮你",于是回答:"组长,距离我进入大学已经过去十三年了。"组长这才点着头,恍然大悟地说:"是过去的事了,对吧?"我转头回位子去,组长却突然在我背后喊:

"朴代理,快回家吧。"

"嗯？"

"最后一天了，干吗还赖着？快点回去。"

"现在吗？没关系吗？"

"当然，快点回去吧。"

我努力压抑住嘴角扬起的微笑，背起背包，并向着办公室的大家鞠躬，大声说：

"这段时间很感谢大家。"

大家就好像跟我交情很好似的，一个个从座位上站起来祝福我，甚至连刚刚还紧抓我不放的金班长也拍拍我的肩膀，说会为我今后的人生加油。这是什么青少年连续剧的结尾吗？我为了掩饰激动的心情，努力放慢自己过快的脚步，走到人事组那里，用最冷静的心情归还员工证，然后带着座位上最后剩下的东西，走出办公室。我下定决心，绝不回头看。

搭电梯到一楼时，刚过中午十一点。烈日在我的头顶上，这个出乎意料的离职时间点，的确是太过正午[①]了。

[①]《太过清醒的恋爱》原书名直译为"太过正午的恋爱"。（编注）

我本来还想晚上下班后跟在附近公司上班的朋友一起喝一杯再回家,然而突然多出这么多时间,还真不知道要做什么。我这才深切感觉到,从出生到现在,这几乎是第一次,我不属于任何地方。在只属于我自己的时间中,站在现在这条路上,感觉非常陌生。

虽然是个一如往常的工作日正午,但一切都不一样了。

结果我什么地方也没去,而是往家的方向前进,虽然包包一点也不重。

一回到家,我就先把西裤脱了。因为裤裆那里快要破洞了,我把裤子折好直接放进垃圾袋里,反正再也不会穿了。我把衬衫脱掉丢到一旁,再把桌上的迷你电风扇放到书桌上,将签字笔和便条纸之类的东西放进书桌的抽屉里,这时心情突然变得奇怪。梦想许久的这一天就这样到来,比起开心,我反而有种无法形容的空虚感。

我想是不是该点些什么来吃,但因为肚子也不是很饿,就先算了(做出这个选择对我来说并不容易)。

洗澡后躺在床上,反而更心烦意乱。工作日这个时间待在家里,真的很难得呢。我静静躺着,不安感和各种负面情绪却开始向我袭来,思绪一直无法停下……虽然很想像我坐在办公室的桌子前一样放空思绪,但那是我最不擅长的。我想着,就睡一会儿午觉,之后起来去运动,吃顿像样的晚餐,简单地散个步。但我越是努力想要睡着,就越是无法入睡。如果继续这样躺着,等一下可能又要点个什么来吃,然后又会怀着罪恶感躺下,想着明天晚上一定要饿着肚子睡觉吧?

说不定我每天都是在斗争中活过来的,跟无法如我所愿的世界,以及那个围绕着我的环境和人,甚至我自己斗争着。

11

这烦人的遗传

离职之后，我有整整半个月没有出门。只要有外卖软件，就算躺在床上也能饱餐一顿，甚至连咖啡、点心之类的都可以解决。这就是活在灿烂的信息时代的福气啊！

虽然离职之后想去的地方、想做的事很多，我却只是看着记在手机备忘录里的"离职后愿望清单"，然后躺在床上。我想着不能再这样下去，沉重的身体却不听使唤。尽管我试图"逃出"房间几次，却总是以失败告终。而其中最大的困难，就是从床上起来和洗澡。

结果最终我的身体从床上起来，不是对于肮脏的忍耐已经到了极限，也不是向往新生活的意志，而是"痛"。这是我第一次感受到，如果头发很久不洗，不只会痒，也可能会痛。我带着比湿棉花还重的身体向浴室挪动,打开热水,站在温暖的水柱下,遍布全身的紧张感似乎稍微缓解了。我往头上挤了满满的洗发露,却怎么也揉不出泡沫来。我总觉得手指像被什么卡住似的,于是用镜子照了后脑勺,看起来头皮上长了像痘痘一样的疹子。我又挤了一点洗发露,花了三十多分钟仔细洗干净。出来之后,我照了全身镜,再转过头来一看,发现果然是熟悉的疹子形态——脂溢性皮炎。以防万一,我也抬起胳膊看了腋下,果然也长了少量的干癣。

最终,我出于寻求医治的目的才在半个月后跨出家门,最先前往的地方是小区的皮肤科。我曾有十年都在这里进行大大小小的治疗(虽然这么说,但大概就是除痣或用激光除去大颗疣之类的)。我给医生看了患部,并询问治疗方法。如我预想的那样,医生说我这两种疾病都是无法完全治好的慢性疾病,只能在减缓症状的层面上给予治疗。发现他给出的建议都是"要注意身体""不要太有压力"等小学二年级也差不多知道的医学常识后,我开始走神。

我到药店去领含有类固醇的药膏,想起小时候爸爸整天抓挠身体的模样。爸爸也跟我一样是干癣患者。

他擦了在皮肤科按处方领的药膏，发痒的情形也没有好转，于是开始寻遍全国的名医，从韩医到中医，展现了踏破铁鞋的精神。当然，爸爸的病况一点也没有好转，家里的财政状况却每况愈下。再加上又买了综合频道涌出的健康节目和电视购物中推销的无数健康食品，状况变得更糟糕。我开始独居生活后，在家里放了在超市能看到的那种超大橱柜，里面堆满了健康食品。这让我不禁认为，疑病症可能会发展成购物成瘾。一想到说不定我也即将参与这趟漫长的旅程，头就开始痛了。总之，我先用手机搜索，购买了没有表面活性剂的洗发精。

随后我前往耳鼻喉科，因为我有一边的鼻孔完全塞住了。医生果然也提到鼻炎之类的常见慢性疾病名称，并建议我做矫正鼻骨弯曲的手术（这个手术，我之前也被建议过几次）。因为见过很多人在手术后鼻炎的症状仍会复发，我摇了摇头。

最后，我抵达的地方是精神医学科。我以前也曾为了情绪障碍和失眠而定期来这里。今天没有预约就过来了，才发现在等待的患者多到不行。我为了消磨漫长的等待时间，就拿放在医院书架上有关情感缺失的书来看。

书里将小时候的养育环境和遗传因子列为情感缺失的主因，果然所有的事情都是父母的错。原本因为莫名找到可以怪罪的"目标"感到高兴（？），但这高兴很快就又消失了。之后，又在医院等了两个多小时，我好不容易进了诊室，跟专科医生吐露我离职后经历的症状。他默默听完我的讲述，说这些都是我这段时间太过忽视自己的身体而自然产生的反应，并（专业地）告诉我这是人生中必经的过程。

这么说来，我过去三年根本没有休息。工作日基本都在为截稿而写作，周末虽然会一觉睡到下午，心里却总是为好像该做些什么的强迫感所苦。我一直想着，就算短暂，也要从我心中好像该做些什么的想法（不对，是从所有的想法）中逃脱。我问医生，我到底为什么会有这些状况，比如身体累了一整天，但不暴饮暴食就睡不着；明明知道对自己不好，却仍然重复这样的生活模式，导致无法好好过日常生活，也无法维持生计；甚至别说是完全自由的身体了，我还陷入自我厌恶的旋涡中，无暇顾及其他。医生说，这种现象的原因来自很多层面，幼年时期的情绪被忽视，环境因素抑或遗传因素也可能会有很大的影响。

又是遗传？

在我出生前，我的人生到底有多少是已经被决定好的？我领了成堆的药，重新去翻找小时候的记忆。

我的父母是近年来很常见的双薪夫妇，两个人都有各自经营的事业。这也代表，在父母双方的人生中排最优先顺位的，都是家庭以外的东西。

妈妈在换季或人生遇到困难时，会在下班后把包丢在客厅，衣服也不换就直接躺到床上。她什么也不做，只是呆呆地看着天花板。我在想，也许她当时的眼神就跟我现在的眼神差不多吧。

爸爸也没什么不同，总是抓着电话，或是去外地出差。在我的记忆里，他总是不在家。就算是休息日，他也只是在家里睡觉，睡梦中还不断痛苦呻吟，一直到下午都不起来的模样。他一直重复呈现在某个地方疯狂把精力耗尽后，再像这样躺着的状态。这也是我过去十年间不断重复的日常模式。

虽这么说，我也不是所有事情都跟父母一样。既然遗传因子之类的话题都出来了，我也有对此感到委屈的地方要说。我的父母都拥有完美的正常体重，甚至以他们的年纪而言还算轻的了。他们从出生到现在都没有超出正常体重，直到年过花甲的现在也还是维持一样的身材。虽然我小时候也算是有点块头，但从没像这样肥胖过。一生都是以稳定的体重度日的他们，无法理解我那体重增减超过一百公斤的生活。他们无法对我减肥时的努力，还有看到肉重新长回来时的绝望感同身受。他们没有共鸣是当然的。对他们来说，只有我变胖的现实，还有眼前看到的现象而已。因此对我来说，在节日或家庭活动之类的日子要去面对父母或亲戚，有一种恐惧，就像左撇子独自在充满右撇子的国家奋斗的感觉。

之前，有一次回爸妈家，我曾遇到过说不上是遭殃的遭殃。我就像平常一样，洗完澡后只穿着内衣出来，开始吹头发。妈妈原本在看电视，她瞄了一眼我的身体后渐渐皱起眉头，突然就哭了起来，一边哭一边说：

"到底是受到多大压力，才让自己变成这个样子(？)？"

我笑了出来。连刺猬都会说自己的子女漂亮,怎么生我的母亲会看着有一半自己遗传因子的身体流泪呢?这超现实的情景令人发笑,我一直笑,心情却渐渐变得很差。即使是父母和子女,看到对方的身体哭出来也非常失礼吧?我像平常一样对妈妈发了火。

吞了一把药、没暴饮暴食、期盼安稳入睡的现在,我又开始想起遗传因子的奥秘。说不定现在的我是爸爸的依赖和成瘾倾向,与妈妈的情绪起伏和无运动神经均匀混合在一起的结晶。会不会是爸爸那里的股票投资或购物上瘾之类的依赖倾向,在我这边变成"暴饮暴食",跟妈妈的躁郁症与失眠倾向合起来,变成现在过度肥胖的我?我深切感受到我全身有关遗传因子的证据,很开心发现又多了一件可以怪罪祖先的事情。尽管如此,我用自己的钱买的食物、用自己的手把它们放进嘴里的事实,并不会改变。

12

纽约、纽约

像湿抹布一样瘫在床上的日常持续得比想象的久，我期望着某个人能把我从这极度的绝望中救出来。我每天就是靠睡觉和 Netflix、外卖食物撑过去的。虽然增加了协助控制情绪的药的用量，却没什么好转，我只觉得肚子更胀，身体更疲惫。我去找主治医师告诉他我的状况。他说，新换的药需在服药后经过一段时间才能发挥效用。此外，因为太长时间没有好好休息，当然需要更长的恢复时间。

走出医院后，我这么想：

别着急，现在对我来说这是必经的过程，这代表我的身体跟心灵是多么渴望休息。

我曾坚定地认为，我必须用更快的速度到达更远的地方。我认为那是唯一可以变幸福的方法。因此成为作家之后，我一刻也没休息过。每天朝九晚六、一周五天在公司工作时，我也减少自己的睡眠时间，几乎天天都在写作或是构思内容，就算不是如此，至少也会随手写点什么。喜欢的事情变成职业的快乐，不过一瞬间而已。再怎么累，我也没办法在想要休息的时间休息，身体各个地方也开始出现状况。即使知道要休息，但已经发动的火车是停不下来的。大部分的时间，我只是被生存的本能所牵引，我被并非出自自我意志的好胜心抓住，压榨自己。在这样的情况下，我在踏入文坛两年后出了第一本书，不到六个月又积累了足够再出一本的作品。朋友都说，羡慕我可以把喜欢的事当成职业。每当这个时候，我都会笑着应对，假装好像真的活在很满足的人生中一样，其实并非如此。

我开始这样的工作，是为了想变得无极限、想表达自己，但我越写、越努力，反而离我想要的生活越远。我在写文章时感受到的成就感和幸福，三两下就蒸发了。我的人生，几乎由他人的评价所决定。

我不过是为了实现自己缥缈的梦想的工具，不知道自己真正想要什么、让自己变幸福的方法是什么，只觉得所有事情都让自己失去活力，无比厌烦。

这在旅行的时候也是一样的。相隔十二年再回到纽约，我没有特别激动，反而觉得所有的事情都很麻烦。也因此，直到出发前一天我还瘫在床上，然后在出国当天随手抓了几件衣服，就搭上前往纽约的航班。

我和朋友们一起订了 Airbnb① 的房间，在纽约四处闲晃。二〇〇七年来的时候，这里的生活空间对我来说很逼仄，整座城市也让人很有压迫感。相隔十二年再次来到纽约，我却不这么觉得了。我跟朋友们逛了耐克和星巴克，还有赛百味和波道夫·古德曼百货（Bergdorf Goodman），跟逛明洞的感觉截然不同。

此外，纽约正流行"韩风"。几乎每条路上都有贩卖韩国饮食的餐厅，一碗排骨汤要价两三万韩元，不禁让人惊呼。虽然心在淌血，但我还是花钱买了。然而每次都在餐厅吃饭花了太多钱，最后我和朋友们决定自己做饭。我们去住处附近的韩国城超市买了食材。

---

① 中文名"爱彼迎"，是一家为旅客提供住宿的网络平台。（编注）

从超市出来后，我们两手提得满满的，超市对面让人熟悉的空间映入眼帘，那是用韩文写成的书店广告牌。跟以前破烂的外观不同，它已经重新装修成干净利落的模样。我跟焦急想回到住处的朋友们说："稍微进去书店看一下吧。"结果朋友们比我还兴奋，纷纷说："赶快去看看有没有你的书！"

我们到文学区小说的书架上仔细翻找，虽然看到很多跟我差不多时间在同一家出版社出版的书，却找不到我自己的。朋友用一副深感难能可贵的表情说"可能是都卖完了吧"，我笑着说"不要说那些不像样的话来安慰人了"。幸好（？）还是看到一本收录我作品的得奖作品集，我拿着它照了相。

我脑海中突然浮现出二〇〇七年初次来纽约的情景。

那时候我来美国不到一个月，想读用韩文写的书。虽然韩国城有韩国书店，但书的售价却比实际定价高两三倍。因为我没有买单行本的钱，只好买 Cine 21 或 Movie Week 之类的电影周刊读了又读，读到封面都快掉了。我买了一本很大的大学笔记本，开始每天写连小学时都没写过的日记。我记得那个时候因为美国纸（？）很薄、容易透光，还很小心地不让圆珠笔渗透过去。回韩国时，我把原有的书都丢了，唯独把那本大笔记本带了回来。那个日记本到现在还放在我书柜的某一角。那个时候我才意识到，我有异于常人的表达欲望，以及我比想象中更热爱自己的母语。

我想拥有印着自己名字的书和只有写作的人生。

我现在正过着二〇〇七年想都没想到，甚至可以说只在梦中梦过的那种生活。我同时产生"我一路走过来就为了这个吗？"和"不知不觉来到这里了呢！"这两种感觉。我把手上的得奖作品集放下，走了出去。

一周后，朋友回到韩国，而我则滞留在纽约的一个老旧饭店。根据谷歌的搜索结果，这家饭店是有近百年历史的建筑，但是饭店房间连最普通的冰箱都没有，马桶的冲水把手看起来也很破旧。更夸张的是，它竟然用散热器当暖气。虽然担心会不会有老鼠从哪里冒出来，不过幸好卫生状况似乎还不错。

当时纽约正遭遇前所未有的寒流。我花了很多钱跑来旅行，结果却终日昏睡。隔了几年再来，我决定要好好玩，于是尽情挥霍离职金和储蓄旅行，结果却是这样，真是让人莫名感伤。

某天，住宿的客人都外出了，饭店一片寂静，不知道从哪里传来小提琴的声音。我一开始以为只是简单的旋律，之后却像来到演出场所似的，开启一阵绚烂的演奏。我小心地打开房门出去，发现就是我旁边的房间传来的声音。这根本就是演奏家等级。演奏持续了两三个小时。我为了吃午餐下楼，顺便对前台说，我在隔壁房间听到小提琴的声音。饭店职员笑着说饭店旁边就是卡内基大厅，所以经常会有要来演出的演奏家入住，如果觉得很吵的话，工作人员可以出面协调，请他降低音量。我回答没关系。我回到房间时，演奏果然还在持续，不知道是不是因为听说是卡内基大厅级别的演奏家的关系，好像听起来更悦耳了。我一边觉得这样的自己真庸俗，一边笑了出来。正在拉小提琴的那个人，是否已经实现自己的梦想了呢？

晚上因为时差没有调整好，睡觉断断续续的，做了很多好笑的梦。

在某个独自入睡的夜晚，梦里出现了妮可·基德曼、安妮·海瑟薇、金喜爱和金城武。我在闪烁的屋顶酒吧喝着酒。那里的我看起来很享受，甚至很自然地融入人群、世界中。醒来后，果然鼻子又塞住了。鼻炎越来越严重。我竟然沉浸在虚荣中，还做了这种梦，想一想又不禁笑出来。

隔天凌晨，我又在鼻塞的状态下从睡梦中醒来。手机收到一条消息，是文学村的责任编辑发的：

作家您睡了吗？

我得知自己获得了年轻作家奖大奖。这对我来说是有点特别的事情。记得在练习写作时，我会把每年发行的年轻作家奖得奖作品集当教科书阅读。我曾预想，获得这个奖项可能会是我人生中最棒的事之一。我有种梦寐以求的愿望终于实现了的感觉。

虽然那天晚上气象局发布了寒流警报，我还是下定决心爬上帝国大厦的瞭望台，幸好风没有想象中的大。我在瞭望台转了一圈，十年前已忘却的感情又涌上心头。我当时也在离开纽约前来过这座帝国大厦，尽管钱包已经快要见底。

　　花自己的钱、用自己的脚前来，我却无法负担在这个城市的生活，只能像乞丐一样死撑。我当时真的很讨厌这样的自己，并陷在奇怪的自卑感当中，最后比预想更早（甚至还改了飞机的行程）归国。我下定决心，在实现梦想之前决不回来，虽然不知道那是什么时候，我只想一定要等梦想实现才会再回到这个地方。

然后十二年过去了，我变成三十几岁，也实现了我那所谓的梦想。虽然没到非常了不起的地步，但我有了写着自己名字的书；虽然还是一样穷，却还是艰难地混饭吃到这个地步。钱很好，梦想很棒。二十岁时看到的那个灯火跟现在看到的不会一样，但奇怪的是，我总觉得变回了当时的自己。我想永远在这么高的地方看灯火。感觉我好像还有很多的话、很多应该要好好表达的感情……因此，我似乎该坐回书桌前写作了吧？我就以现在生活的样貌，不多不少，继续活下去就可以了吧？

但是为什么心情这么沉重呢？三十二岁的我，应该怀揣着什么样的梦想，看着什么地方生活呢？

我怀抱着似乎永远无法知道答案的问题，从建筑上下来。

是重新回到日常、现实的时候了。

13 大都市的生存法则

最终真正将我从床上拉起来的，不是人也不是爱，而是工作。

听到得奖消息不久之后，之前签了第二本单行本合约的出版社联系了我。

"作家，大约在今年夏天出版单行本如何？"

距离上本书出版才过了六个月，第一本书也是因为各种状况（？）急着出版，到现在还留有一些遗憾，我想着第二本书要慢慢来，但看起来这个世界并不想等我。我决定接受出版社的意见。毕竟在旅行过后，账户余额瞬间减少让人感觉挺不安的。此外，现在似乎也是从床上下来的时候了。

我为了之后收录在单行本里的原稿在书桌前坐了很久，却只是在发呆。我不知道该从哪里开始、该怎么开始、哪个句子比较适合，也无法判断什么样的文章比较通顺。我只是坐一下就觉得头痛、背痛，腰和屁股也不留情面地开始酸痛。我脑里突然浮现出黄正音（音译）作家的访谈，她曾说自己是用核心肌群的力量在写作。我想也许过去数年，我用年轻和不规律的运动（？）勉强维持的身体已经完全崩坏了。因此，我下了一个超平凡的结论——为了写作，我必须先锻炼肌肉才行。

我跟在进行重量训练、参加马拉松，最近又开始练普拉提的郑映秀小说家透露我的烦恼，还咨询了运动相关事宜。身为名副其实的运动传道者（？），他建议我做普拉提。

"像我这样超过一百公斤的人上得去普拉提的器械吗？不会倒塌吗？"
"不用担心，做得到的。"
"我最近肌肉量几乎是零啊，可以吗？"
"这正是为了让像你一样的人也可以做才创造出来的运动。"

是啊,是这样对吧?我在稍微得到一点勇气后打电话给附近的普拉提中心,结果听到价格之后又默默打消了念头。在考虑几个选项后,最终我报名了健身班,并通过友人的帮助,跟某个相熟并担任健身教练的哥哥上个人训练课程。虽然心疼那原本就见底的钱包,但我还是决定改变自己的想法。其实在过去"本钱"和"性价比"可以说是我人生的关键词,一天八小时都坐在办公室,那是多辛苦才赚来的钱啊!可不能随随便便就花掉。我总是认为,必须用最少的费用来达到最高的效率,结果现在竟然选了想都没想过、每堂课都需支付费用的个人训练课程。但是,肉痛了几个月后想法就改变了,我还得用这个身体过剩余的人生,以原本这种状态可撑不下去。我决定试着改变一切当下支配着我的生活模式,尽可能地消费和移动,即使现状如此,我也想要改变,不对,我必须改变。

之后,我决定要过上每天早上九点起床、一天运动两个小时的生活。我不得不在生计面前变得勤劳。一开始我只急着要把指定的运动量做完,在回到家之后就倒头大睡,根本没余裕好好处理工作。但似乎有些东西慢慢开始改变。我开始可以区分好的句子和不好的句子;我好像看得到蓝图,知道自己之后该画些什么。

就这样三个月过去，很多事情都变了。首先，我将还在上班时写的四篇中篇小说成功修改成一本连续的小说合集，作品集的名字叫《大都市的爱情法则》，我曾经以为这是个不可能完成的任务。我甚至还去大学讲课、在报纸上连载《虽然会胖，还是想吃完炸鸡再睡》，这个工作量是当时刚离职的我完全无法想象的，但我很开心，不对，其实是很艰难地处理完了。就像黄正音作家所说，这似乎是核心肌群的力量，也就是规律运动的力量。

收到第二本书《大都市的爱情法则》那天，我真的哭得稀里哗啦的。是因为书太漂亮吗，还是因为写书的辛苦过程像走马灯一样在我眼前闪过？虽然这些想法都有，但其实担忧的心情是最主要的。我也担心自己的作品质量、政治导向和销售情况，而我最担心的，其实是以现在的样貌出现在人们面前。在此生体重最重的时候出第二本书，从未出现在我人生的计划里。

我要坦白一件事，我现在的体重跟离职前比起来完全没有减少。

虽然我试图不告诉周围的朋友我每天都在运动，

但其实我仍无法改掉每天晚上必须吃些什么再睡觉的习惯。因此再怎么规律运动，体重却连一公斤也没掉，反而我在开始运动之后还胖了一点。控制体重的关键不在于运动而是控制饮食，这个亘古不变的道理，我可是用完整的身体好好体验过了，也可以说我正在体验中。

即使如此（？），书出了，我也做了出书的作家必须完成的所有宣传活动。最近的时代是这样的，比起以前的作家保持神秘主义、不食人间烟火的形象，现在的作家反而会被要求出来做全面的宣传。特别是像我这样的新人作家，有把自己和自己的文章昭告全天下的使命（？），也因此，我几乎参与了所有邀请我参与的活动。报纸访谈、独立书店的活动、国际书展，甚至是拍摄 YouTube 的宣传片……这之中没有一个是可以把身体和脸藏起来的。

如果在网络新闻搜寻栏上打出我的名字，会出现跟我的新书相关的几则报道。我每次看到画面都会被吓到。虽然我也经常因为那些偏离自己本意的报道内容而感到惊讶，但大部分时候吓到我的是刊登在报道里的照片。那个跟照镜子或是自拍时的模样大不相同、无限接近真实的报道照片，实在是没办法不令人受到惊吓。脸上的瑕疵、多了好几层的下巴以及鼻梁上的毛孔都看得一清二楚，那一瞬间我真是无语至极。

但从不久前开始，我对印有这种模样的照片已经没什么恐惧了，真的遇到也觉得没什么特别的，甚至有时对批评我外貌的留言也不会感到特别的冲击。是因为开始真正爱自己了，还是觉得就算不是自己想要的样子也没关系？绝对不是因为这样。我只是决定接受，把现在这个瞬间的我，当作到目前为止我一路活过来的结果。与其避开，不如坦然地接受"这就是我"的事实。或许，这可能是逃离那每天晚上折磨我的罪恶感以及暴饮暴食的唯一途径。我就这样一天一步地为了过不一样的生活而挣扎，也许总有一天真的可以不吃东西睡觉？就算真的做不到也没办法……

PROTEIN

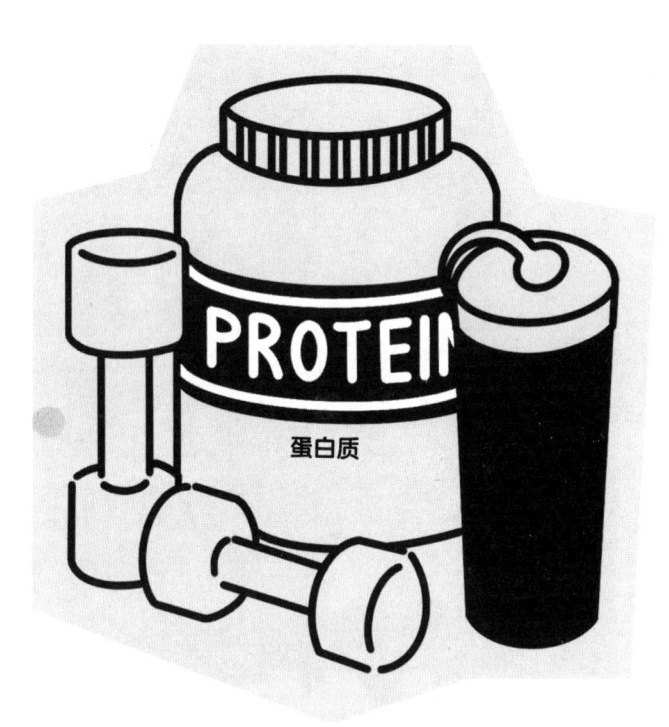

蛋白质

14 塑料的民族

我想象中的全职作家，是在清晨太阳还没出来、闹钟响之前就从床上起来，简单用清水洗脸后，以比任何人都还干净清爽的模样坐在电脑前，伴随着升起的太阳，小口啜饮咖啡或水；写大约五个小时的文章后，大概在太阳升到地平线正上方时，做些（在烤箱里烤，兼顾高营养和低油脂的）简单的料理；之后换上运动服，去健身房或普拉提中心做两个多小时强化竖脊肌的运动，结束后享受读书等文化生活来度过晚间时光；然后跟朋友们简单见个面，最后回到家修改当天写的文章，再睡觉。

我在刚开始运动的时候，多少也购买过一些有机食材，边看网上的料理教程边炸葱油，煮花椰菜，还会烤南瓜，弄些乱七八糟的料理；下午认真地去普拉提中心做一下肌肉运动，也会泡乳清蛋白来喝，装模作样了一番。不过，我健康、优雅的生活并没有持续很久。

比地狱还可怕的截稿季到了。上个月，第二本小说集出版后，我忙得七荤八素，实在找不出构思新小说的时间。截稿日延了又延，甚至最后直接是在下印刷厂前才交出定稿的。我为了遵守人生绝对不能半途而废的原则，只要有时间就会写作。别说是早上听到闹钟就起来了，我起床的时间就是开始工作的时间，我睡觉的时间就是休息时间。我睡两三个小时，起来后就写作，写到头昏脑涨之后再闭上眼睛，然后再起来写作，腰痛的话就稍微躺会儿，看一集 Netflix 连续剧……

大概这样过了半个月，通过休息好不容易找回的健康状态又再次崩坏了。我关着窗帘生活，都不知道是白天还是晚上，总觉得头昏脑涨，心里很着急，进度却十分缓慢。问题不止这些。我在胃酸开始涌上来时才会找东西吃，没有时间出去，更别说是用烤箱烤东西了。最后，和所有韩国人一样，我选择的是"宇宙第一方便"的外卖软件。

使用外卖软件的人都知道，供单人选择的外卖不多，点餐时为了凑满起送费最少都得点两人份。这就代表食物量也是两倍。况且为了食物的美味，餐点使用了各种调味料，钠也是两倍"狂嗑"，总是导致我消化不良。我也经常把它分成两餐吃，看着冷掉的外卖食物里凝结的脂肪，才意识到吃的食物里放了多少油。如此一番吃饱后，稍微睡一会儿起来，本来就很大的脸甚至会再肿大两倍。几个星期用尽全力调整菜单、通过规律运动练出的身材，在两天内吃了几顿外卖之后，就全都变得徒劳无功了。

不只身体出问题。就算一天只有两餐吃外卖食物，一回神就会发现，家里堆积了大量一次性餐具。从饭碗到汤碗、餐盘、勺子和筷子……我大概三天来都窝在家里点外卖，餐具已堆得像座山了。我专心写作的时候没想那么多，文章完成之后看看座位四周才发现，原来只是让一个身体维持活着的状态需要产生这么多垃圾，甚至还是不会腐烂的垃圾，心里真是过意不去。

"警惕塑料制品"的宣传、"地球另一边的鲸鱼肚子里有韩国产塑料容器"之类的逸事传播甚广，现在也不觉得新奇。我们很清楚自己所生活的地球并不会无限包容我们造成的污染。尽管如此，我还是无法阻止自己为了一时的方便而按下外卖软件的结账按钮。

我最好的朋友的 KakaoTalk 昵称整整六个月都是"超讨厌纸吸管"。韩国许多咖啡专卖店以最大的连锁店星巴克打头阵，开始将纸吸管投入使用。这种纸吸管的形态和质感跟卫生纸卷筒类似，所以，对比两者相似处的照片还被做成表情包在网友间广为流传。虽然我也觉得放在咖啡里三十分钟就呼噜噜烂掉的纸吸管一点都不方便，但我同意要减少使用塑料用品，所以觉得干脆就不要使用吸管。毕竟嘴巴或胡子稍微沾到一点咖啡，对生命也不会造成什么威胁。

政府施行减少使用一次性用品，特别是塑料用品的政策后，各个产业都开始寻找塑料用品的替代品。对于消费伦理观和舆论趋势特别敏感的（？）出版界也加入这波行动，出了各种"环保"用品作为周边商品。但问题是这种环保周边出得太泛滥，我也一时间多了好多不知道从哪儿来的免费环保袋和环保杯。减少一次性用品的出发点是好的，结果却让可多次使用的用品像一次性产品一样泛滥了。

郑世朗的小说《地球上唯一的韩亚》的主角韩亚，在西桥洞经营一家叫"转世"的修衣店，她把老旧的衣服重新改造，并赋予它们新生命。韩亚不想给地球制造负担，在职业中贯彻自己的生活哲学，并为了践行自己的理念而活，是难得一见的心地正直的人。我从以前就很喜欢也很憧憬成为像韩亚一样的人，但其实我完全没有那样的生活哲学或标准，就算有，很多时候也只是一次性的。

我狭窄的房内有很多衬衫和内衣，从 M 码到 XXL 码都有，多到连站的地方都没了。这些都是我为了这个瘦了又胖了足足一百公斤的身体，在反复暴饮暴食和减肥过程中随便买来的便宜衣服。在快时尚的风气中，所有人都清楚地知道，随意买来又丢掉的衣服是多大的公害。尽管我也了解这种常识，却只能看着房间里堆满的衣服叹气，仍克制不住每次压力大时买便宜衣服的坏习惯。有时我好像只是为了吃和消费而存在似的。如果韩亚看到我的房间，应该会惊慌失措地大声呵斥吧？

我这狭小的套房似乎已成为罪之殿堂。我的书桌周围摆满了用来解决燃眉之急的一次性餐具，还有四处可见的果蝇、堆积如山的衣服，以及一堆还没看的书。一个人住竟然制造了这么多垃圾，甚至连自己的身体也没有照顾好，我到底是在干吗？我不禁这么想着。

有时候我好像能在自己的身体里发现一个地球。我的身体因为缺乏矿物质，指甲很容易裂开；因为缺乏免疫力，长干癣或患脂溢性皮炎之类的慢性病。需要或有用的东西都不够，就只是一个被大堆垃圾占领的巨大构造物。

这所有的恶性循环只有一个解决方法——自我约束。我们可以把它整理成这样的词语，也可以说它或许是这个世界上最困难的事情。因此，我现在也在极力压抑自己想打开外卖软件的心情，并下定决心，今天晚上一定要饿着肚子睡觉。这不只是为了我自己，也是为了地球（？）。

15
拜托，把腿放下来！

我不久前见了我为数不多的朋友之一——金。电影系出身的金是我认识很久的朋友，他在学生时代曾入围过数一数二的影展决赛。因为这样的背景，我在写《无人知晓的艺术家眼泪和宰桐意大利面》这部以电影导演为主角的小说时，他帮了我很大的忙（因此，虽然他没当电影导演而成为内容制作公司的职员，我还是叫他"金导演"）。我和他对电影的喜好很像，所以会定期一起去看电影。我们这次也一起看了部热门电影，并分享了很多事情。我们谈到这部讲述二十世纪九十年代故事的电影台词的语法和词汇的使用方式很具文学性，他便突然讲起自己最近看的小说。他说那是在业界引起巨大话题的书，还给我看了小说内文的照片，看了之后发现是我朋友金世喜作家写的小说中的一段话。那是主角晶儿的男朋友连胜为了拍电影而从公司离职的章节。晶儿跟自己的朋友花英说了这件事后，花英这样回答：

"喂，你刚刚没有听到什么声音吗？"
"什么声音？"
"人生丧钟敲响的声音。"

我们反复看这段对话，笑得此起彼伏。如果是电影系的学生，不对，不只电影系，只要是决心从事艺术领域的人，都会被这段文字笑到上气不接下气。我笑了好一阵之后问金：

"金，你现在有没有听到什么声音？"
"人生丧钟敲响的声音？"
"不是，丧钟早打过了，是从我肚子里发出的声音……"

就这样，我们一起去吃饭。今天的菜单是意大利面。平常总是让朋友请客的我，难得决定请朋友吃一顿。餐点出来前，我们还聊得不亦乐乎，餐点一上来，便瞬间安静下来。我们只在吃东西的时候才会停止说话。当我们把食物疯狂送进嘴里时，我想着，听说在法国，晚餐会吃上三四个小时，这到底是为什么呢？不知道是我性格本来就很急，还是韩国人共有的"快点快点"的习性，我再怎么悠闲吃饭，吃饭时间通常都不会超过三十分钟。尤其我跟朋友吃饭时几乎是用吸的方式，所以通常花不到十分钟，跟金一起吃饭的时候更是如此。那天，我们也是不到十分钟就把数万韩元的意大利面清空，然后在位子上等点心。我感受到某种程度的饱足感，以及与其不相上下、有些微妙的不快感。我问金：

"喂，金导演，为什么只要我们两个见面就吃这么快啊？好像被谁追赶似的。"

"我们吃很快吗？我还真没这么觉得。"

金专心想过后又开口：

"可能是因为我弟弟的关系吧。"

金那从小食欲就异于常人的弟弟，会用比任何人都快的速度吃东西，说是看不下去冰箱里放满东西的样子，听说到现在还是会把金买回家的零食、点心之类吃到一点也不剩。仔细一想，我脑海里突然浮现出金家族照里他弟弟小时候的模样。

"你弟弟现在还是大块头吗？"

"嗯，现在还是很胖。"

"很胖吗？比我还胖？"

"没有，没到这程度。"

我一边笑一边骂脏话。

我们是那种可以对彼此的身体说三道四，也不会有什么嫌隙的关系，但是，即便是相识很久的朋友，也似乎没什么共同点。特别是对于时尚这块，我们的看法相差甚远。金导演就像穿着长袍的朝鲜时代闺秀，把除了脸之外的身体部位都遮得严严实实。夏季闷热气息还浓烈残留的那天，金也是穿着牛仔裤和格子衬衫，头上戴着一顶帽子（我把他的装扮当作电影导演的制服）。我看着金一边流汗一边喝咖啡，自己莫名也觉得闷，于是叫他把帽子拿下来，但他怎么可能听我的。即使是相隔数十年，酷热再度袭来的二〇一八年夏天，他也一样每天都穿牛仔裤，这点我还是知道的。我问他到底为什么要这样，他只说，他觉得把自己身体露出来很羞耻。

"那你在家里也是这样裹成一团吗？"

"疯了吗？当然是房门一关就把衣服全脱掉，开空调躺着啦！"

相反，我就像个穿登山服的中年人一样，选择了方便调整体温的外套。虽然知道别人可能会觉得很丑，但我还是旁若无人地穿短裤，坦然地把腿露出来，顺利撑过夏天。

这样的我也不是一出生就这样，二十几岁时，我也面临各种只属于我的外貌烦恼。我跟金类似，觉得腿上的汗毛很多、很浓，所以害羞，即使在很热的夏天也还是坚持穿长裤；如果头发没有好好整理，就没办法踏进教室；因为觉得戴眼镜看起来很丑，即使有干眼症，也还是戴了五年多的（超贵）日抛隐形眼镜，甚至果断拿着大学时期所赚不多的钱做了视力矫正手术。

现在呢？每天晚上我都下定决心要饿着肚子睡觉，却还是暴饮暴食，然后早上尽选一些露出身体的衣服出门。二十几岁的我如果看到现在的自己可能会晕倒吧？我不只让大幅超过一百公斤的身体穿上松垮的 T 恤、露出一大截大腿的短裤，还顶着刚洗完、随便吹过的头发到处跑，他应该会觉得这是在噩梦里才会见到的场景吧？

不知道是不是因为听说我离职之后时间变多，我从很多地方收到演讲或新书座谈会之类的活动邀请。这个月的行程特别多，甚至超越了文坛的洪真英①，以洪吉童②的境界跑遍全国了。但同时，我也努力不让好不容易养成的运动习惯断掉。我一周至少会做四次的早间肌肉训练和有氧运动，并经常在健身房的浴室吹干头发、快速打理后，就跑去搭客车或火车。因为常在运动之后赶到很远的地方，服装也自然简单化，我会尽可能选比较方便的衣服穿。平常我对于这样的自己没什么特别感觉，但偶尔看到别人在网上上传有关活动的批评或反馈的照片时，我才后知后觉：原来自己那个时候穿着短裤啊！

（觉得我平常很奇怪又邋遢，但一上台又会讲些冠冕堂皇的话，实在让人无法适应，所以）不太常来我的活动的金，在我的第二本书《大都市的爱情法则》上市后，初次来到我的新书座谈会。出版社租借了图书馆宽广的大厅来举办盛大的活动，因为空间很大，交通又方便，所以有很多平常对我的活动没什么兴趣的朋友也跑

---

① 韩国 Trot 女歌手，商演无数，代表作为《爱情的电池》等。（编注）
② 朝鲜王朝燕山君在位期间的一名义贼，相传他曾做了七个和自己一模一样的假人并注入生命，八个洪吉童同时出现在朝鲜八道（朝鲜全国）劫富济贫，施行义举。（编注）

来参加了。我在众多观众面前以十分紧张的姿态出席访谈活动，但坐在舞台前的金一直暗示我确认手机。我假装确认时间，瞄了一眼手机，却看到整个屏幕都被金发来的数十条消息所覆盖。

"快把腿放下！"
"朴相映，腿放下！"

金着急发来的信息显示，我因为裤子太短，又把腿跷起来，结果里面都被看得一清二楚。

不久前在一个网络书店运营的播客公开节目，我也是没想太多就穿着平常的衣服过去，果不其然，又因为裤子太短被嘲笑了。幸好主持人兼活动高手（？）的金荷娜（音译）作家也穿着跟我类似长度和设计的裤子，让我多少安心了一点。我厚脸皮地把我们二人称作"短裤派"。

刚作为作家出道时，只要是跟书有关的活动，我就像中坚企业的业务员般坚持只穿西装。因为跟读者接触的机会少，所以我会有每个瞬间都必须把自己最好的一面展现出来的压力。但随着我一天天变胖，可以穿的衬衫渐渐变少，我的原则就开始崩坏了。尽全力注意外表这件事从某一瞬间开始，对我来说变成一种假象，我甚至怀疑，这会不会是我到目前为止感受到那些无谓自我施压的一种延伸？在这个每分每秒都必须创造出更高价值的资本主义社会中，不可能有所谓的"最好"。颁奖典礼、新书座谈会也是一种节庆（？）和宴会，既然如此，不是应该好好享受吗？因此除了规定穿西装的活动场所，我决定只穿轻松的衣服出席。

比起在意紧身西装裤的横向皱褶，身为作家和演讲者，我更应该在意的是说话的内容、态度和我被赋予的话语权吧？这或许是我对在成衣店买不到衣服这件事的自我安慰。是啊，优质的谈话内容比较重要吧？服装有什么重要的（虽然我随意吐出的话是否可以视作优质还有待商榷）。就这样，我今天再次下定决心要饿着肚子睡觉，同时我也知道最后会失败，并试图跟自己和解。

16 可以说用我自己的方式

在韩国以作家为职业过活并不容易。每年都会有许多新人通过几个新人奖或新春文艺、网络征文等各种渠道崭露头角,而这之中能正式出书的人并不多。每个作品受到残酷评价是基本,特别是像我一样的新人,每次机会都可能是最后一次。因此,在出第一本书之前,新人根本没有"拒绝"这种概念。就这样好不容易出了第一本书之后,状况也不见得会变好。有认知度或站稳脚步的作家营销起来相对容易些(虽然哪个行业都是这样),但知名度接近零的新人作家必须万般努力地来宣传自己的书。

幸运地出了第二本书的我情况也差不多。出书后,只要是跟读者见面的活动或访谈、新书座谈之类的,我都很乐意地(或是不得已)全程参与。其实可以对作家提出的问题有限,导致每次有类似的问题,我都会像轮唱一样回答，而在这之中有一些压倒性的常见问题：

第一次写作的契机是什么？

为什么成为小说家？

这些其实对作家来说是最常见且平凡的问题，我却每次都会在这样的提问面前不知所措。因为我从有记忆以来就莫名喜欢写作，并没有什么决心成为作家的契机。虽然这么说，倒也不是完全没有，硬要说的话，也的确是有一些故事。首先，我从小就抱着《阿加莎全集》和《哈利·波特》长大，曾是挡不住的读书狂也算理由之一。而我之所以立志成为"小说"家，而不是以其他体裁，这个嘛……会不会是因为这样的形式最适合我呢？一边生活，一边慢慢往作家的人生轨迹靠拢，也许这样的表达比较正确吧！

我到现在都还记得出生后读的第一本韩国现代小说，正是朴婉绪的《非常久远的玩笑》。我看着她以极度贴近现实的方式再现现实的小说，觉得十分有魅力。那之后我就陷入韩国现代小说的魅力中，并开始阅读许多作家的作品。

此后，也有几个动摇我的灵魂的韩国小说。殷熙耕作家的《鸟的礼物》，早熟的主角提到"我因为了解到人生对我不怀好意，而停留在十二岁"，这给予了用若无其事的表情混在人群之中，却一直被疏离感所困的十几岁的我巨大安慰。

此外，申京淑的《单人房》是十九岁时为了报考各大学而独自来首尔的我在当时投入最多情感的小说。看着她住在九老工业园区附近的单人房，白天当工人，晚上在产业学校学习的轨迹，我才发觉原来不只我有那种无法被他人了解的孤独，以及似乎被遗留在世界角落的感觉。

顺利进入大学之后，那种"疏离感"还是没有消失，反而一直持续着，只是强度和种类有所不同而已。我在人群中若无其事地吵吵闹闹，回家后心头却莫名涌上后悔和空虚。每当这时，我就会坐在狭窄的房间内读书。在那个瞬间，我才似乎感觉到我是我"自己"。当我去报社或出版社运营的培训学校听小说创作课时、在每一次的新春文艺或文艺杂志征文中投稿时，我也并没有特别意识到自己会成为小说家，或是产生成为小说家的伟大愿望。顶多就是年轻时期的我，把"小说家"当成众多职业选择中可以尝试的一个。

正式开始写小说,大约是在第一家公司上班的时候。当时我在一家杂志社工作,对职场"折磨人"的那种文化感到很厌倦,脑子里尽是那种不想接受他人想法、只想写出表达自我的文章的意志。我从忙碌的日常中挤出时间,报名进入了文学与知性社运营的文知文化院小说创作学院,在那里遇见了跟我很合拍的一位同龄女性,她就是(现在已同样成为作家的)金世喜。

在课程结束后,金世喜和我还一起创办了"皇家KTV"读书会,一个星期看一本书,并在一个月写一到两篇八十页的短篇小说,充满了斗志(那是个除了生产力一无所有的斗志爆满的时期)。当时,金世喜写了有关二十几岁情侣经历的各种事情的故事,我则主要写关于职场生活中感受到的愤怒与酷儿题材的小说。当时我们写的小说没什么可看的,却似乎充满了(虽然不确定是什么,但非常接近)真心,说不定是非常接近我们自己模样的那种文章。当时我们并不是单纯通过写作创造那种世上没有的虚幻故事,而是对于自己内心的某些问题不断提出疑问。然后在某个瞬间,已经彻底掉进小说写作魅力之中的我,回过神来时已经离开职场,成为文艺创作系的研究生。我的情况近乎破釜沉舟，当时我想，如果两年内没有任何成果，就毫无留恋地放弃写作。

进入研究所之后更没什么地方可去（？）的我，跟比较合得来的朋友组建了读书会。当时已经进入文坛的姜禾吉和宋智贤（音译）、林丞熏（音译）等小说家，都是我当时的学友（因为忠武路附近的猪脚很有名，所以我给小团体取名为"黄金猪脚秘密敢死队"，简称"黄猪秘敢"）。我们都是正在筹备第一本书的"新人作家"（我们没有任何合约，也没得过文学奖，因此只是自称），我们一周会见一次面，收集当代发表过的短篇小说来看，或是看推理、惊悚和各种类型的长篇小说，猛烈拓展自己的"疆域"。当时的我为了出道，为了成为出版属于自己的出版物的作家，全心投入地分析当代流行的技巧和主题，也可以说是为了写出那种只为获得他人认可的文章。就这样，我投稿到地球上几乎所有存在的文学奖和新春文艺，大约在三年期间落选了超过（不夸张，真的算得出来）五十次，我累积了比任何人都丰富的小说作品，却尝到了同样程度的绝望感，进而成了令人失望又各方面都不足的待业生。其间，原本是同僚的金世喜先踏入了文坛，一起学习的姜禾吉则在准备出第一本书。我为了信用卡还款，决心抛弃余下的留恋在小公司上班。曾是同僚的宋智贤和姜禾吉对当时很辛苦的我说过几句话：

"你平常说话很有趣，但是只要开始写作，你就会变得莫名严肃。直接用你的语气写写看吧，更像你自己一点。"

我仿佛变成了连续剧主角一样，被"我自己到底是指什么"的疑问困住。我开始写起跟以前不同的文章，用自己的语气将当时对我来说最重要的问题像现实中发生的事件般改写，并把它们连接成小说。说不定那是比较接近散文，可说是以更接近我自己的那种方式写的文章。在那之后，我难得感受到一股切实的解放感。我重新意识到，我曾以为写作是一种看着他人、为从他人那里获得认可而开始的行为，但其实是我向着自己、我所在的道路。我把当时写的两篇小说拿去投文学村的新人奖，借此我成了曾如此期盼的作家（好不真实！）。过去三年间，我就像一匹赛马一样，疯了似的向前跑，真的就只是在奔跑。

除了前面提到的问题外，最近最常听到的问题是

"你是怎么在公司上班同时还写了两本小说的呢？"每次被问到这种问题，我都（用有点谦虚的表情）回答我也不知道是怎么做到的，但现在好像有一点明白了。对我来说，打工和写作就好像成套的商品一样。虽然写作这个行为本身跟处理公司事务一样都是"劳动"，不过或许我是通过写作获得了一种"存在证明"。我从为他人消耗自我的想法中解脱出来，用我的声音言说只属于自己的故事，而那种感觉让我撑过了受失眠所困、只能眯一下却还得继续赚钱的日子。

不久前，我的朋友宋智贤（因为她特有的完美主义和惰性，现在才）出了自己的第一本小说集——《可以说是用后记的方式》。这本小说集里有这样一句话：

"这种事情可以称为'成长'吗？只是变得又脆又干燥。"

说不定，我也正在走一条变得又脆又干燥，且朝着自己走来的路。说不定，那也是一件可以称为"成长"的事情。

17 釜山国际影展

当时我正软烂地瘫在地铁的硬椅上,感觉腰部疼痛。我在前往京畿道一所大学发表演讲的路上,想起了在京畿道住了三十年的宋智贤说过的话:

"京畿道人的人生有百分之三十是在公共交通中度过的,所以在京畿道生活要保持良好的性格,绝对是一件非常困难的事。"

就在我想这的确很困难时,有一个陌生的电话打来。接起电话后,一名男性介绍自己是釜山国际影展的节目编导,想请我担任 Cinema Together 节目的导师。我问他怎么会找不是电影人的我,节目编导回答曾看过我的作品《釜山国际影展》,觉得很有趣。

二〇一八年五月,我在《现代文学》这本杂志中发表了一篇中篇小说——《釜山国际影展》。该作品是我的出道作《寻找派瑞丝·希尔顿》的后续故事，也是我的第一本小说集《无人知晓的艺术家眼泪和宰桐意大利面》中的最后一篇。《釜山国际影展》中几乎没有出现什么跟电影有关的内容。所谓的釜山国际影展，只是主角朴素罗（音译）的电影参展失败、梦想受挫的象征，以及与二十一岁的军人出轨的场所罢了。但是这篇小说竟然能够让我获得影展的邀请。我参加了素罗没能获得邀请的釜山国际影展，这莫名让人觉得讽刺、耐人寻味（？）。

挂掉电话之后，我赶紧打电话给身为电影人的金，询问那是什么样的活动。

"那个一定要去。"
"没有钱拿也要去？"
"没有钱也要去！"

我的原则是没有钱的话绝对不离开床半步……但我听他说，节目本身不会很难做。选出影展上映作品中的五部，然后和选我当导师的十位观众一起看电影，再进行简单的讨论就可以了。在火车票和住宿预订困难的影展期间，饭店和交通费全包，甚至还可以看五部电影，我不禁觉得这确实是求之不得、充满闲情逸致的机会，却未曾设想过即将降临在我身上的未来。

我到达影展机构帮我在海云台预订的饭店时，不禁发出欢呼声。房间在很高的楼层，而且窗户很大，一眼就可以望见大海。客房就像宫殿一样宽阔，甚至连床都有三张——虽然我也不知道其他两张到底什么时候会用到。我从在饭店一楼工作的影展工作人员那里听到，参与影展的演员也跟我住同样的饭店，经常可以在电梯或餐厅里看到有名人士泡在酒里的憔悴模样。从这里到上映电影和举办活动的 Centum City 徒步约四十分钟。（在下定不会遵守的决心上有惊人毅力的）我下定决心要在四天三夜的行程期间，从住宿的地方走到电影院，就当作这几天的有氧运动。

我放下行李后就急忙开始投入影展的官方活动。我看的第一部电影是电影人泽维尔·多兰的《马蒂亚斯与马克西姆》，出来时发生了件好笑的事。电影院前面有个男性正在发宣传用的传单。我收到传单一看，发现是本次影展参展酷儿电影的目录。我一边等着学员，一边看着那张传单，发着传单的男性突然跟我搭话。

"请问您是作家吗？"

因为被吓到，所以我用微弱的、死气沉沉的声音说："啊……对……"

"对吧，对吧？我是您的忠实粉丝。"
"啊……非常感谢。"

那位男性介绍自己是刚从美国回来、跟电影界相关的人。我觉得不太好意思，就想以要去看下部上映作品为由赶紧离开那个地方。但是那位男性挡在我面前说：

"您的小说……那个……夏天……那个，我觉得很好看！"

二〇一六年，同年一起出道之后，我和"夏天……"的那位作家真的被相提并论了数千次。我一边笑一边说"我不是那位作家"，学员们则用传单遮住脸，憋笑憋到脸都红了。我也憋着笑，忙着跟学员一起移动脚步赶去看下场电影。那位男性追着我们一行人继续说：

"但您好像的确是作家吧？您写了什么作品呢？您写酷儿小说对吧？"我们最后还是没能忍住，笑着说"赶快离开电影院吧"。

那天我跟学员总共看了三部电影，之后就聚在电影院附近的啤酒屋一起讨论看过的作品。会后的庆祝结束之后，时间还没到半夜十二点。电影界的人跟认识的人三三两两聚在一起去了别处，而我则独自慢慢走回饭店。酒醒了，也睡不着，我别无他法（？），只好联系以制作公司职员的名义来到釜山的金。金用有点疲惫的声音接了电话。我告诉他房间里有三张床，引诱他来我的房间。金一开始没中计，结果我一说酒和下酒菜都我请，他就立刻跑到我的房间。金的住处到我的住处步行大概十分钟，但他不到五分钟就到了。我从行李箱拿出精心准备的一瓶伏特加和饼干给满头大汗跑过来的他，我们一起喝酒、吃饼干。既然如此，我到底为什么要花四十分钟浑身是汗地走回饭店呢？我为了压抑自己的羞愧，酒喝得更快了。我们就像平常一样，讲着无趣的话题，之后金讲起他在来影展前去了趟故乡的家。跟见面不到十秒钟就开始你争我吵的我们家比起来，金的家人一直关系很好。他们彼此尊重，也像朋友一样通话，有时候也会整个家族一起去旅行。我很羡慕金的家庭。但这次见面似乎跟平常不太一样。

"我打开玄关的门进去之后,你知道我妈说什么吗?"
"不知道。"
"她说'你怎么变那么胖'。"
"欢迎来到我的日常生活。"
"我真的变得那么胖吗?"
"我每天看,所以不太清楚。"(我说完后开始回避金的视线)
"啊,真想死。"

目前体重还是两位数,不过是胖了几公斤就想死,我对金过度夸张的反应感到好笑,但身为将心比心、能力非凡的优雅现代人,我还是拼命对他点头。金用深邃的眼神看着我,说:

"相映啊,如果世界上只剩下我们两个就好了。"
"你突然说什么(鬼)话啊?"
"这样我就是世界上最苗条的人啦!"

我放下正在吃的饼干,对金飙了世界上最狠的脏

话。然后，我们又开始忙着清空那瓶伏特加。

等到回过神时，四周已经开始亮了。我和金躺在各自的床上，有种不祥感笼罩在我身上。我拿起手机确认时间，发现离第一部上映作品的开场时间只剩下不到二十分钟。我从床上跳起来，套上帽衫，打开客房门冲了出去。我焦急地跺着脚搭乘电梯，在门打开之后又立刻狂奔到大厅外。门前正在举行饭店薪资正常化的示威。我赶紧在饭店前面打了出租车，慌忙地跟司机说"请到'电影的殿堂'"。司机似乎马上明白我是从其他地方来的。他看着游行队伍，发出"啧，啧"的声音。他说这都是因为外国人收购饭店，并开始详细地说明饭店的财务结构。这些信息我不太清楚，也不太想知道，我只希望他能开快点。

到电影院时，电影刚好要开始。我和在电影院前面等待的学员一起顺利地观赏完电影。电影还不错。我战胜了因前一晚喝太多而不断袭来的困意，撑过了两个小时。出来之后我跟学员们分享了简单的感想，决定各自休息一小时，然后再去看第二场电影。

我去了"电影的殿堂"里的咖啡厅，点了醒酒用的冰美式。我坐到位子上，用手机照了照脸，把眼屎抠了抠，观察脸的状态。我的黑眼圈很重，而且因为没有洗脸，脸上各处都有像长了癣一样的痕迹。我正在想是不是应该回趟房间迅速洗把脸再出来，或者赶紧到洗手间用清水整理一下时，突然有个修长的身影出现在我面前。我抬起头来，发现面前站着的是我大学社团的前辈C。我赶忙用帽子遮住头和脸,但我的大头可遮不住。

"相映啊!我差点没认出你!"

我避开大学认识的人都是有原因的。看到毕业之后胖了超过三十公斤的我,他们要么很惊讶、没头没脑地爆笑,要么就露出一副非常同情的表情。C前辈嘴角蔓延出微笑,(我也没叫他这样做)他拉了椅子过来,坐到我对面。我一边努力用小到不行的咖啡杯遮住脸,一边问前辈怎么会来这里。

"我?当然是来取材啊!"

这么说来,我之前似乎听说过前辈成了某家著名日报社的记者。前辈说早就知道我成了作家,还说看了我的小说和正在连载的减肥散文(就是这篇),觉得很有趣。

"我看照片的时候其实只觉得你胖了一点,实际看还真不是开玩笑的。"

我一边殷勤地呵呵赔笑,一边在心底祈祷前辈彻底搞砸这次取材。前辈为什么在这么多部门中选了文化部门,而我又为什么刚好在头发都没洗的状态下遇到他呢?我连问都没问,前辈就自己评论说,至少比起以前骨瘦如柴的模样,现在看起来比较好,只要减减体脂,通过肌肉运动塑造健康的身体就可以了。我想快点结束对话,有意无意地说自己一周会去三四次普拉提中心。前辈收起脸上的笑容,盯着我说:

"相映啊,运动是很现实的。没做过的人会以为只要开始就可以很快地改变体形,其实这个就跟聚沙成塔差不多。不要心存侥幸,要抱着每天积累一点的心情坚持下去才行。"

前辈你的身材好像也没有好到可以讲这样的话吧……我不希望对话一直围绕着我的身材,所以赶紧转移话题:

"前辈下班之后去运动不觉得累吗?我虽然是自由职业,也觉得很累。"
"我反而觉得很好。运动也可以疏解压力啊!"

一点也不，别说解压了，我只会想我到底为什么要做这个，然后内心冒火。我觉得对话再继续下去似乎对我没什么好处，就说已经快到电影放映时间，从位子上起身。前辈一边说新作品出来的话可以跟他们做个访谈，一边递出名片。我接过之后就前往电影放映厅。前辈转过头后，我就迅速地把他的名片胡乱一折放到口袋里，然后又下了根本不坚定的决心，决定今天晚上一定要饿着肚子睡觉。

18

普通款蓝色牛仔裤

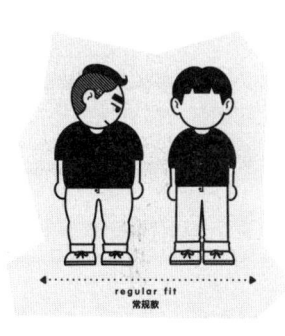

最后一条牛仔裤又破了。

那是我不曾过度水洗,而且版型好看,所以很珍惜地穿着的牛仔裤。

我买的东西通常都会用很久,但裤子是例外。首先,因为我的体形比较特别,买裤子时就会伤透脑筋。我的骨盆较窄,但是大腿(非常)粗。肚子相较于体重没那么突出,但是侧边的肉很多。因此,如果我按照大腿尺寸买衣服,骨盆部分就会太松;如果按照腰的尺寸买,大腿处又会太紧;如果选裤裆短的裤子,腰间的赘肉就会非常明显……协调整体平衡十分困难。历经一番波折,我最后会选紧身的裤子来穿,因为布料会自然延展变松,变得比较舒服一点。但问题是,大概在裤子刚好松到符合我身形的时间点,大腿内侧,也就是两边大腿的肉接触的地方，一定会破掉。裤子还不是沿着缝纫的地方整齐地破掉，而是因为摩擦导致布料磨出破洞来，不好修补。变成肥胖者之后，几乎所有的裤子都是这样告终的。

再怎么好的布料或是高级品牌的裤子，情况也没什么不同。因此我都是在 SPA 品牌购买，至少在那里还可以买到有弹性、价格合理的裤子。坦白地说，过去三年我有一个很喜爱的牌子，就是现在已经无法随时挂在嘴边的 U 品牌。如今被拒买运动抵制的 U 品牌，几乎是所有成衣服装品牌中唯一以便宜的价格提供大尺码（三十六英寸以上，适合东方人体形，骨盆和大腿舒适，长度也不会太夸张）衣服的企业。在这个选择消失之后，我只感到绝望。

夏天的时候情况会稍微好转，只要轮流穿几条松紧短裤就可以了。不过天气一天天变冷，没办法只靠短裤撑下去的季节即将到来。我在开始的几天试着穿过当睡衣穿的运动裤，但这只是权宜之计。特别是入秋后，各个地方自治团体或图书馆、国际书展之类的地方会举办与书相关的活动。即使是我（？），也没办法只穿运动服就过去。特别是某港口城市举办的国际作家会议，

还曾经发给我含有以下内容的邮件:

由于是国际性的活动,建议您穿西装或得体的服装。

我把这段文字给作家郑映秀看,结果他说:"这条规定感觉是特地为你而设的。"看看我过去这段日子的事迹(?),我不禁认真地想,这话或许没错。

我在几个大众品牌和大型服装专卖网站上找裤子,却没能找到满意的。最后在家里翻翻找找,终于找到一件购买许久,却好像不是那么喜欢所以没穿的裤子。从腰的地方太宽、大腿和小腿的部分却很紧来看,可能是当时不小心买了普通款牛仔裤,就乱放没穿。我烦恼了一会儿,想到一个好主意。

住在我们小区的人都知道,有个改衣服技术高超的店家。有点年纪的老板戴着厚厚的老花镜,是个从裤长到皮夹克的袖子都可以修改的能手。虽然这个老板可以被看作人类文化遗产,但有个问题——如果顾客不专门过去催他,他绝对不会修改衣服。活动日期即将到来,我只好拿着裤子跑到改衣店。

老板叫我穿上裤子看看，然后在腰和下摆等几个地方插上大头针，接着就把我的牛仔裤放到像山一样堆得高高的衣服上，说道：

"下周一过来拿。"

如果是以前，我一定乖乖等到下周一，但是三十几岁的我可不好对付！

"老板，我很急……"
"有多急？"
"可以今天给我吗？"
"今天不行。明天。（非常果断的语气）"
"怎么办……我有重要的事情……一定要穿的……"

两人之间蔓延着一股微妙的紧张气息，之后老板叹了口气，说："我知道了。待会儿五点过来。"

我知道，就算下午五点过去，衣服也不会改好，老板只会对着那个手掌大小的真空管电视，看着重播古早电视剧的频道。

果然下午五点我踏进店的瞬间,老板就用好像第一次遇到这种事情的表情说"哎呀,你看我这记性",然后从衣服堆里拿出我的牛仔裤。我坐在比自己身形小很多的凳子上用手机看 Netflix 时,那穿起来别扭、长度过长的普通款蓝色牛仔裤,终于被改得符合我的身形。

周末,我顺利穿着那条牛仔裤参加国际作家会议。这个活动很长,一个会议超过三小时,而我的大腿则无情地被紧紧箍着,感觉非常痛苦。跟我一起参加的同事在我耳边说:"你为什么穿紧身裤来啊?听说最近比较流行常规款啊!"我笑着回答:"这个就是常规款改的。"朋友看着我好像要爆掉的小腿,爆笑出声。

"常规"(regular)在字典上的定义是这样的:"普通的、平常的、均衡的……"也就是说,常规尺寸应该是普通的、均衡的尺寸……但是到底……这到底是为了谁的一般尺寸啊?!

我因为活动和衣服尺寸受到的屈辱(?)可不只这些。

之前有一次经出版社介绍，我在一个有名的服装品牌卖场参加活动。参加那个活动除了可以拿车马费，意外地还可以获得该品牌的一件外套，条件则是必须穿着该品牌的衣服，并在媒体上露出。这对衣服总是不太合身的我是再好不过的事。我听了活动负责人的话，在活动开始前一个小时前往现场试穿，但我开始觉得有点不安。因为在百货公司或奥特莱斯买类似的衣服时，国内品牌几乎没有我的尺寸。不过这个品牌是以中年男性为主要客群，似乎不是完全没有希望，我一边这么想，一边前往活动现场。

进卖场之后，出版社和服装品牌的职员高兴地接待我。但卖场之中有个人的表情特别黯淡。出版社宣传负责人介绍说那位是这个卖场的经理，叫我赶快试穿衣服。我扭捏地把包放下，说："哎呀，符合我尺寸的衣服没几件……"表情不太好看的经理大步向我走来，说道：

"对，好像没有。"
"嗯？"
"好像没有符合您尺寸的外套。"
"啊，这样啊……果然啊，经常这样啦，这也是有可能的事。"

面对着经理斩钉截铁的表情,我也没什么特别想说的。现场弥漫着一股尴尬的气氛。我觉得似乎该做些什么,就赶紧把放在地上的包拿起来,放到讲台那边的椅子上。然后说我要去附近逛逛再回来,就从卖场出去了。

这好像也不是什么让人生气的事,但为什么会心情不好呢?我也不是受了什么天大的侮辱,只是没有适合的衣服罢了。是啊,身为对卖场一清二楚的经理,他只是在传达没有码数的事实罢了。不要想太多啦,我在脑海里反复说着,并定下心来。

我对自己的身体并不抱正面的态度,却也不抱负面的态度。我只是努力接受了原本的我。对于刚作为作家出道时胖到让人惊恐的照片,最近我也只是觉得,啊,这样啊。以前即使我主张自己的身体和内心是特别的,却仍时常对无法穿上常规款牛仔裤而感到绝望。不过现在我对于自己的变化、自己的迟钝,既不喜欢也不讨厌,只觉得自然。

我最近也规律地运动着,但没告诉其他人。如果我说在运动,甚至在做重量训练,人们好像就会有某种期待。偶尔告诉谁这件事时,我会多少露出防卫性的微笑,说这只是个以健康为目的的生存运动。事实上,这只对了一半。如果一开始就是这么为健康着想的人,就不会每天想晚上要饿着肚子睡觉,又一直暴饮暴食了。我也不太懂自己的心。成衣店是什么,常规款又是什么,我怎么也搞不清楚。而我的人生,今天也同样在流逝。

19 我人生最后的算命

十二月，我做的第一件事就是打电话预约命理事务所①。迎接新年，得去算一下土亭秘诀②。

突然去算命？你可能会说这是不科学又不合理的选择吧？其实我比任何人都更这么觉得。我在保守的基督教家庭被强迫遵从"家庭信仰"长大，成人之后拒绝所有的宗教活动，甚至可说是个不相信眼睛看不到之物的唯物论者。尽管如此，我还是会定期去算命，特别是八字，因为当时实在是被逼到悬崖边了。

二〇一六年，我还是一个文艺创作研究所结业的写作练习生，那时候的状态可说是一天到晚都觉得很挫

---

① 算命在韩国是合法的，很多韩国人热衷于去命理事务所或哲学馆算命。（编注）
②《土亭秘诀》是十六世纪朝鲜学者李之菡（1517—1578）编著的算卦书，按照个人生辰八字来看一年的运数，在民间广为流传。（编注）

败。踏入文坛的前六个月，是我人生中最黑暗的时期。我在两年间拼死努力地写小说，向新春文艺和文艺杂志征文等五十多个地方投稿，却全部落选。当初，我原本以踏入文坛为目标，但研究生毕业的我为了负担学贷和卡债，进了从未想过的职场赚钱，那时候的状态该怎么说呢……觉得死了更好吧，有种人生已经完全没有退路的感觉。很亲近的哥哥看到郁闷的我，说自己的熟人在开命理事务所，问我要不要去算算八字。我这不太相信他人又充满怀疑的性格会决定去算八字，也是出于一种"死马当作活马医"的念头。我之前从来没什么机会接触祈福信仰或萨满主义，因此想从我不太熟悉的对象那里，听到有关我人生的一丝希望。

我跟知己作家宋智贤讲了我要去算八字的远大计划之后，智贤就说她也要一起去。她的母亲因为要开八字咖啡厅而学了很长一段时间的命理学，并一直在等待可以开店的时机，却一直没能迎来这样的时间点，因此到目前为止还只在准备阶段。智贤也受到母亲的影响，几乎成了命理学方面的专家，并会以市场调查（？）的名义去厉害的算命店。

我和智贤前往的命理事务所跟原先预想的不同，

气氛挺舒适的。和我同龄的年轻院长跟智贤说着食神、偏官、劫财，我实在无法理解的专业沟通持续进行着。在两人的议论（？）结束后轮到我，院长说我在七月运气会很好，叫我在那时挑战征文比赛。心情好转的我在最后问了这个问题：

"那个，请问我什么时候才能瘦下来呢？"
院长用很为难的表情回答：

"这个……应该不是问我，要问医院才……"

在旁边听的宋智贤笑到上气不接下气。

总之，那年七月，我真的在征文比赛中获选，并且踏入文坛，也听说指点我踏入文坛的命理事务所因为那些境遇不太好的写作练习生而门庭若市。当然，我到现在还是没瘦下来，却多了每年年末去算命的习惯，主要是为了有趣。

今年，我又像年度活动一样去了常去的命理事务所。特别是在二〇二〇年（各位现在正在看的）散文集韩语版出版跟搬家的事情重叠在一起，我针对这个部分详细地问了问。我在纸上仔细写了院长跟我说的内容，但从命理事务所出来后，很快就把大部分内容忘记了。

那之后不久，我去弘大玩的时候，朋友带我去了据说很厉害的算命咖啡厅。我带着玩一玩的心情和朋友一起算了命，却得到与以前我算过的卜卦截然不同的结果。特别是有关搬家的建议，因为两位算命师说的好方位、吉时都不一样，我的心情也随之变得奇怪。一开始我只是把算命当作人生的乐趣，但说不定从某个瞬间开始，我已经把它当作某种宗教般产生迷信了。一产生这样的想法，我的心里就变得不太舒服（我脑海里浮现出投身宗教的妈妈那深信不疑的表情）。我跟带领我进入算命世界的宋智贤吐露了自己有点混乱的心境后，她给予我明朗的解答：

"再去算一次之后，就搬到被选的次数更多的那个地方，然后不要再去算就行啦！"

我是公认的耳根子软，于是拼命点头，拍膝盖为她的好建议叫绝。刚好宋智贤从同僚作家那里得到一个很厉害的命理事务所的情报（也是为了市场调查），就建议说一起去看看。

我人生最后的算命

我跟宋智贤组成"八字远征队"之后,去了那个有名的命理事务所。里面聚集了非常多的人,跟它老旧破烂的外观不太相衬。我们并排坐在沙发上,小声讨论了好一阵待会儿应该问什么、要用什么方法来探这个算命师的虚实。等了三十分钟后终于轮到我们,我就先进去了。

头发有点稀疏的算命师用非常公式化的语气问我的出生年月日。听了我的个人信息后,他翻了翻书,并不停地在白纸上写我看不懂的文字。接着,他目不转睛地盯着白纸,下了果断的结论:

"你的八字显示你的人生是财富和名誉一把抓的康庄大道!"
"啊?"

他说其他没什么要看的,就把书合上了。我觉得就这样出去好像有点可惜,又问了我二〇二〇年的运势会如何。

"你在二〇二〇年一定会成功,不管做什么都会收获意想不到的成果。"

因为这些话实在太虚幻了,我也不知不觉露出充满怀疑的表情。我们两人间弥漫着一股紧张的气氛。算命师终于问了我问题,打破宁静。

"你是做什么的?"

"我吗?嗯……作家(也不是犯了什么罪,怎么每次说我的职业时都会觉得这么不好意思)。"

"作家?太好了。你找了正适合你性格的职业。凭你二〇二〇年的运势,一定得去投稿新春文艺,投那类地方一定会中。"

"老师,但是……我……已经在新春文艺之类的地方获选了……不打算再投之前参赛的地方……"

"那会出电影吗?什么时候?书呢?"

"不是电影方面的……明年会出散文集,不过不太知道明年什么时候出……"

"任何时候出都行。"

"任何……时候吗?"

"任何时候出都会大卖。"

我什么也没回复,只是发出"呃"的声音。这样模糊的卜卦还真是第一次。我问他搬家要搬到哪个小区比较好,他果然也是回答"去哪里都没关系,你的八字显示投资房地产一定会成功"。如果我问什么时候可以减肥,他大概也会说明年可以全部减掉吧?我不禁这么想着。算命师看我没有任何反应,就抽出新的纸张,然后开始画图。他画了两条弯曲并行的线,并在尾端写上数字"32"。之后他突然继续在外侧画了两条宽直线,说道:

"这条弯曲的石子路如果是你到目前为止的人生,你之后的人生就是一条康庄大道。从明年开始,四十二岁、五十二岁……一直到八十二岁,你会一直延展你的财富和名誉。"

在这之后,他还继续跟我说我有配偶运和子女运(?),如果生儿子的话,一定要让他成为法官。我虽然有种"你在说什么啊?"的感觉,但推开门走到外面后,心情确实好了很多。我看看手表,发现才过了十五分钟左右。坐在等待室沙发上的宋智贤看起来在笑。

"我听到他说你的配偶运和子女运的时候快笑死了。"

这里完全没有隔音。

宋智贤算命也花了跟我差不多的时间,她出来的时候也拿了图画。要说我们有什么不同,就是对我来说二〇二〇年开始,我的运气会一直很好,她则是二〇二二年会财源滚滚,一直到死都不用担心钱的问题。我心想,或许算命师是看到我们的服装打扮(?),才跟我们说目前可能最想要听到的话。

我们去了命理事务所建筑附近卖三千九百韩元下酒菜的室内路边摊。点四杯啤酒会免费给一份薯条,如果继续点四杯,是不是就可以获得无限免费的薯条呢?如果不行的话,在结账之后移到其他桌子去点餐是不是就又可以了?我们讲着这种穷酸的话题,之后互道再见。

回家的路上,我下了决心。虽然生辰八字什么的并不完全准确,但反正我是为了听那些让自己心情变好的话才去的,所以从现在开始,我要相信我的人生会是条康庄大道。此外,我的人生不会再有算命了。也就是说,今天是我人生最后一次算命。不知道是不是我这个人太肤浅,在下了这样的决心后,仿佛骗人似的,我躺在床上时不觉得空虚、失落,食欲也没有习惯性地一涌而出。那天是我进入三十岁之后,第一次没去想"今晚要饿着肚子睡觉",得以安然入睡的日子。

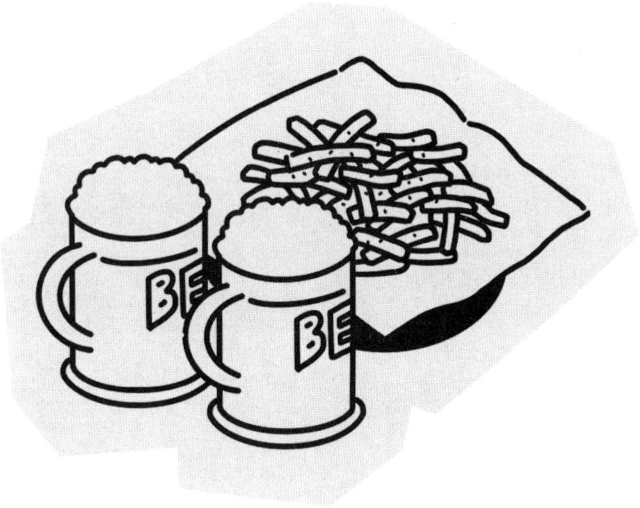
BE
BE

20

今天让我
活过明天

我去年年初出版的小说集《大都市的爱情法则》在各个方面深获喜爱，被几个媒体选为"年度好书"，甚至被选为可代表二十一世纪前十年的优秀小说（真的非常感谢）。也多亏这些，从新年开始我就在各种媒体上进行访谈。其中也包含时尚杂志，我想着要尽到新人作家的本分，没怎么苦恼就答应了。但我明明也在杂志社工作过，到底是哪儿来的自信敢答应啊？直到我收到编辑发的消息，说是为了拍海报需要询问身形、尺寸，我才回过神来，但是后悔也来不及了。我以人生最高的体重，穿上（大概是造型师用尽全力找到的）大码衣服，按照摄影师的要求，摆着各式各样的姿势果断进行了拍摄（看到完成的海报，朋友们十分开心，拼命嘲笑我）。

访谈中，我被一家媒体问到这样的问题：

"你有什么新年目标吗？"

虽然这个问题没什么大不了的，我却好一段时间答不上来。平常不说话就会憋死的我，很少出现这种沉默。不久之后我回答"散文集顺利出版"和"减肥"这种安全且古板的答案，但其实那些并不是我真正的目标。真要说，我还真的没有任何目标。

到目前为止，我的人生一直有所谓的目标。高中时是大学考试，进大学后是就业，进入职场后是离职（？），在那之后则把踏入文坛和出版作品当作目标。眼前有看得见的目标时，即使现实艰难也不会感到绝望。只要往目标前进，一点一点改善生活条件，似乎就会有隐约的希望，可以让自己拥有更好的人生。你遇到艰难的情况，甚至彻底失败的时候，如果稍微修正轨道，就算只是努力地向前跑，也可以达到你想要的目标。这样的策略在我目前为止的人生中，是实际有效的。因为通过大学考试的时候、就职的时候、落选五十次后终于踏入文坛的时候、出书的时候，我是真的感到开心。但是我从来没有设想过，在渴望的目标达成之后的人生。

我突然想到高中的技术与家政科目中（虽然不知道这个科目是不是还存在），学过生命周期之类的东西。那个表将人生按照年龄分成各种周期，从婴儿期到幼儿期，一直到中年期和老年期。我还记得自己在考试前，把按照生命周期将教育、就业、结婚和生产等仔细整理的图表背得滚瓜烂熟。这些过程，我只在教科书上看过却没经历过，殊不知我也曾有那种必须按照人生周期不断实现人生课题的压迫感。我甚至还装作没看到过程中产生的情绪性产物和身体上的疲劳。我只知道向前跑，深深以为以那个速度和距离，我会到达更好的地方，就像神话或宗教一样。

但是回过神来才发现，我变得连处理微小的事情也觉得吃力，甚至开始逃避眼前的未来。别说是目标或梦想了，我只想赶快躺到床上去。我躺在床上看 Netflix 或 YouTube，希望自己像晕倒般入睡，再也不起来。不知从何时开始，回收分类、堆积的碗盘或待洗衣服等事情，对我来说变成一座座巨大的"山"。

不久前，我在音乐人兼作家 YOZOH 的著作（《给作为女人生活的我们》）中看到准确描绘我这副模样的内容：

"是个懒散又非常老实的奇怪的人。……我觉得搞不好朴相映作家去的健身房馆长会认为，朴相映作家私底下是个很懒惰的人。但其实他是那种坚持三年里每天凌晨起床写作，甚至出版了小说，比谁都踏实的人。不知道健身房馆长知不知道这个事实呢？"

我为了整理散文集的文章，把从二〇一六年到现在写的手稿全部拿了出来。除了我前面的两本小说集，又整理出了可出两本书的手稿，所以我实际上在过去的三年写了四本书。比起欣慰，我反而觉得有点可怕。

过去三年写的文章，我一篇一篇看过，觉得十分不好意思。文字可说是心灵的一面镜子，我的文章里有很多无谓的抱怨，还莫名装得很毒辣，甚至情绪以秒为单位起伏，真是愚蠢。我总是对现实感到不满；只想着过去或未来的某个时间点，却不去想现在。尽管像光着身体站在镜子前一样痛苦，我仍将这些文章一篇篇掏出来，开始修改。我必须修改。毕竟这是我能力范围内能做的、赖以谋生的事。

不知道是不是因为进入寒冷季节的关系，我又忧郁了好一阵子。我再怎么逼迫自己也无法睡到三个小时以上，经常会睡到一半就醒过来。我不断对每天要做的事情感到疲惫，也经常一整天都在发呆。我甚至莫名在门票昂贵的音乐剧演出中睡着了（剧里有我喜欢的演员，而且那还是以摇滚乐为主的欢乐演出）。演出结束时，朋友给我看我在座位上睡着的照片，说我付的根本不是演出费，而是住宿费。

离开演出场所去吃饭时，我跟朋友稍微透露了我的状况、那种难以忍受的心情状态，朋友语重心长地跟我说：

"至少你知道自己想做什么，还实现了梦想，不是吗？甚至还拿那个当饭吃。那真的是运气很好的事情。"
"是啊，我……真的是运气很好的人。"

我虽然这样回答，但其实没有获得什么安慰。我的脑袋很清楚地理解，但情绪却不禁变得低落。有时我比任何人都努力工作，有时却又懒惰到讨厌自己。我的心里总是像个激烈的战场，上个台阶也要喘几口气，浏览一下社交媒体都会猛地涌上火气导致手抖。我会突然因为没什么大不了的事觉得烦躁，即使喝酒也还是睡不着觉。我会在睡也睡不着的半夜莫名感到悲伤，也曾毫无理由地潸然泪下。

即使我在医院接受药物和咨询治疗，情况也没有好转。过去一年要吃的药变得更多了，体重也原地踏步，我只有在接受咨询的时候会获得一些力量，但在一个人的时候又会变得无比空虚。我每天晚上都一定会点外卖食物，看着依赖这些东西的自己，多少会产生厌恶感，但也会有种吃完总算可以好好睡觉的安心感。

开始连载这个随笔专栏后，突然多了很多来跟我坦白自己难处的朋友。跟我一样在精神上有问题的同龄朋友比我想象的还多，也有一些朋友告诉我他们靠吃药撑着。我觉得好像活在现实中的我们，其实都在跟实体不明的空虚作战。

同时，最近也有很多朋友跟我分享他们想要离职的烦恼。讨人厌的上司和乱七八糟的公司文化、每天持续加班甚至连周末也一样繁忙、毫无前景的产业……每个人的离职理由都很正当，我也非常了解他们的心情。这是当然啊！再怎么好的条件，公司就是公司。在不喜欢的公司上班，就跟待在狗窝没有两样，这是在过去几年我亲身经历后得出的唯一真理。我在公司上班时颈椎间盘突出严重,每到午餐时间就得去打止痛针,只要到下午三点就会产生不明原因的头痛和轻微发热等很像重感冒的症状。离职一年后的现在,我连公司附近也不想接近。不过,我无法把朋友们想要的答案"立刻炒了你老板"爽快地说出口。因为我还在公司工作的时候,也曾相信只要离职就会走向幸福之路,却在离开公司后发现没有任何好转。我为了赚到相当于公司薪水的钱,承受了不相上下的劳动量和压力,钱这种东西终归会让人变得很悲惨,不管以什么方式。

存款就要见底,却没办法把自己的身体从床上移开的某个忧郁的日子,我被一种如同进了棺材的心情笼罩。虽然不想承认,但我的确有些怀念在公司的时光,然后开始思考,(大家都恨得牙痒痒的)公司和劳动这样的系统可以存续许久的原因。早起后跟讨厌的人磨合而形成的日常,似乎有时也拯救了人类。即使是讨厌的人,他给予的压力有时也能带来正面的刺激;那一份薪水,有时也将如稻草般随时会飞走的人生紧紧捆在现实里。虽然糊口这件事有时显得肮脏又卑鄙,但对于人类,对于所有生命而言,没有任何事情比维持生计来得重要。在生存的名目面前,我们每个人都只能是背负巨石的西西弗斯[①]。

因此，我决定不再去想一些伟大的梦想和目标。我的人生不是为了实现某种目标而前进的"过程"，而是我正在感受着的现实的连续。现实让我活在现在，今天也让我撑过明天。即使今天无法饿着肚子睡觉，我也不想再这么严苛地逼迫自己。我决定只去感谢，被赋予的每一天我都好好地过活。与我同样度过每一天的你，不管是以哪一种方式撑过这个瞬间的你，不管其他人说什么，你都是伟大且值得获得掌声的，就算今天饿着肚子睡觉的计划失败了也一样。

[①] 希腊神话中的人物。他绑架了死神，让世间没有了死亡，却因此遭受众神的惩罚，永无止境地将一块反复滚落的巨石推上山顶。他的生命就这样在无意义的劳作中消磨殆尽。（编注）

作者的话

但是

今晚

还是要

饿着肚子睡觉。

图书在版编目（CIP）数据

虽然会胖，还是想吃完炸鸡再睡 / （韩）朴相映著；Tina 译 . -- 北京：中国友谊出版公司，2023.8
ISBN 978-7-5057-5678-6

Ⅰ.①虽… Ⅱ.①朴…②T… Ⅲ.①随笔—作品集—韩国—现代 Ⅳ.①I312.665

中国国家版本馆 CIP 数据核字（2023）第 129648 号

著作权合同登记号　图字：01-2023-2700

오늘 밤은 굶고 자야지 Copyright © 2020 by SANG YOUNG PARK
All rights reserved.
First published in Korean by Hanien（주，한겨레엔）
Simplified Chinese Translation rights arranged by SANG YOUNG PARK
through May Agency Simplified Chinese Translation Copyright © 2023 by
Beijing Xiron Culture Group Co., Ltd.
Cover illustration copyright © shunyoon.
本简体中文版翻译由台湾野人文化股份有限公司授权。

书名	虽然会胖，还是想吃完炸鸡再睡
作者	［韩］朴相映
译者	Tina
出版	中国友谊出版公司
发行	中国友谊出版公司
经销	新华书店
印刷	嘉业印刷（天津）有限公司
规格	787×1092 毫米　32 开 6.5 印张　108 千字
版次	2023 年 8 月第 1 版
印次	2023 年 8 月第 1 次印刷
书号	ISBN 978-7-5057-5678-6
定价	49.80 元
地址	北京市朝阳区西坝河南里 17 号楼
邮编	100028
电话	（010）64678009

如发现图书质量问题，可联系调换。质量投诉电话：010-82069336

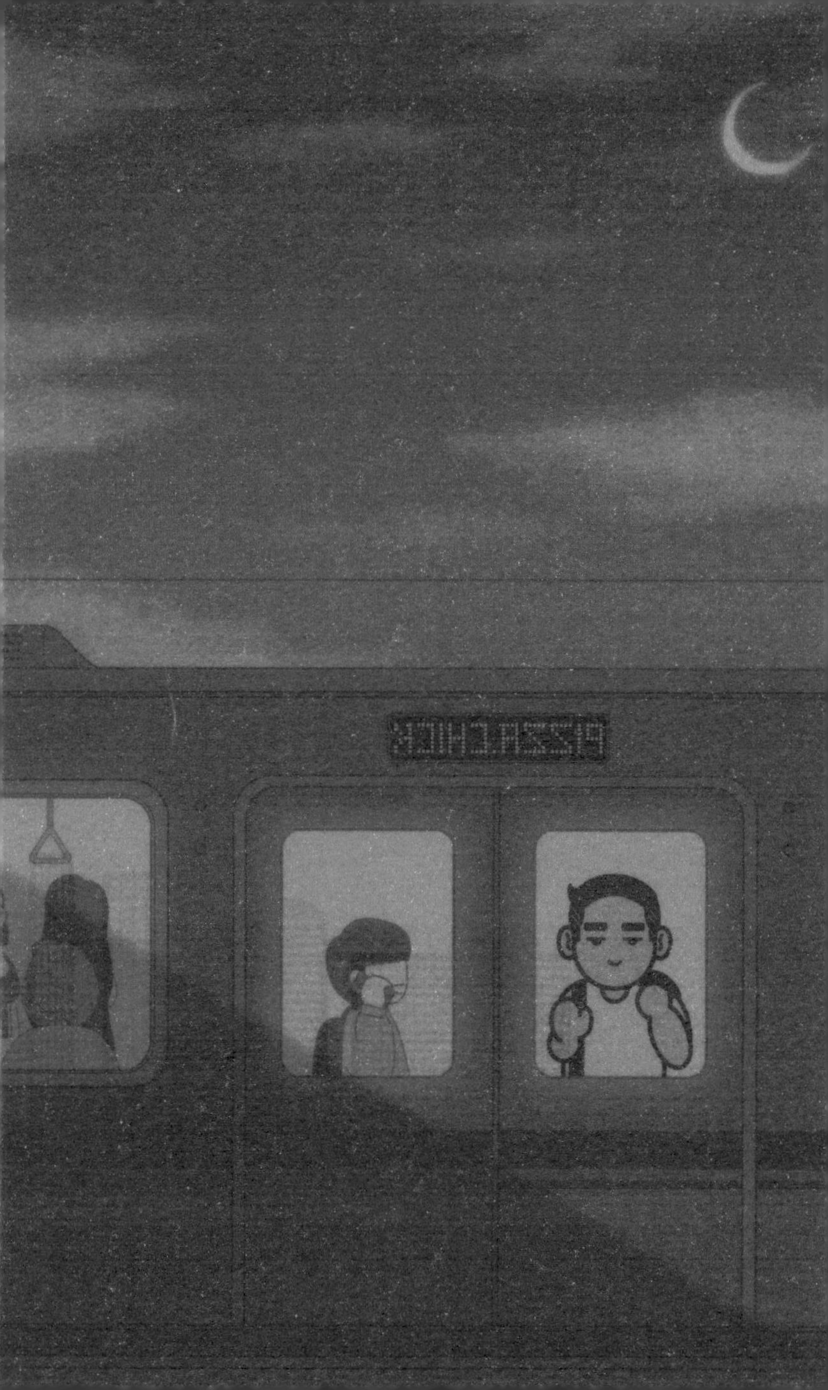

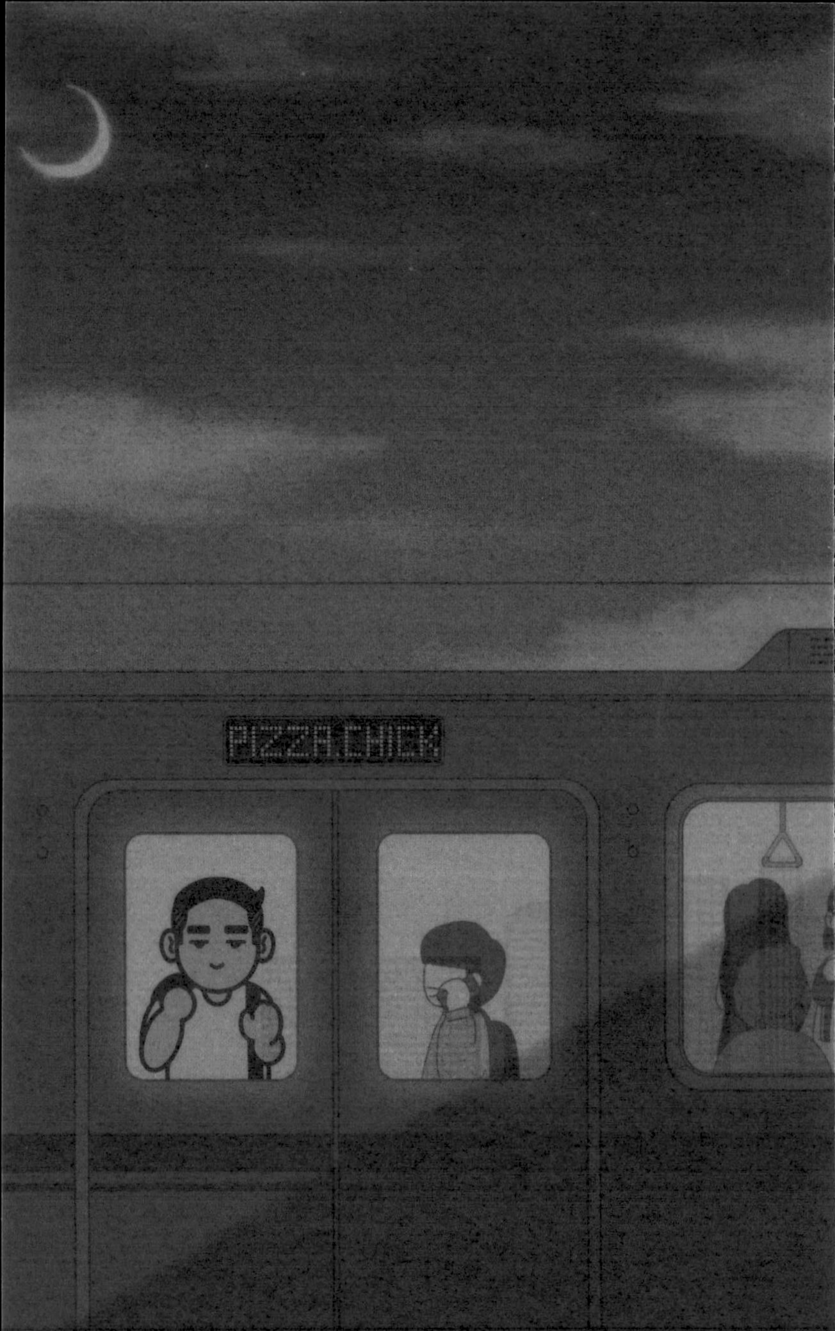
PIZZA.CHICK